共同体

COMMUNITY 014

各美其美

美美与共

共同体别传

我的串联生活

刘齐 著/绘

深圳报业集团出版社
SHENZHEN PRESS GROUP PUBLISHING HOUSE

刘
齐

刘齐,辽宁沈阳人,著名作家,当过知青、工人、厂报编辑,曾任《当代作家评论》杂志编委,辽宁省作家协会书记处书记,中华文学基金会文学部主任,《散文世界》杂志编辑部主任,美国杜克大学访问学者,《新民晚报》、《南方周末》等报专栏作者。1982年毕业于辽宁大学中文系,获文学硕士学位。现居北京。出版著作有:《刘齐幽默散文丛书(三卷)》《刘齐作品集(八卷)》、《中国杂文·刘齐集》、《中国当代杂文精品大系·人一有车就自卑》、《中国式幽默》(法文版)等二十余部。

目　录

我的串联生活

/ 1

我的电影生活

/ 88

我的足球生活

/ 103

我的宣传生活

/ 135

我的地震生活

/ 144

胡大一的早年生活

/ 194

美丽的夏天

/ 212

想起绕阳河

/ 224

游大寨

/ 237

塑料花时代

/ 253

后记

/ 273

编后记

/ 277

我的
串联生活

我的串联生活一开始,就蒙上了一层非法色彩。原因很简单:我是"黑七类",没有资格串联。

"黑七类"是中国另册人物的类别。一开始叫"黑五类",局势发展太快,另册人物迅速增长,叫一叫拢不住了,临时加了两类,计有地主、富农、反革命、坏分子、右派、资本家、黑帮共七大类。渐渐又不够用了,扩成"黑九类",添加了"臭老九"(知识分子)等新成分。如果后来国家没有变化,能不能蔓延到"黑一百类",不好说。

接着说我感受最深的"黑七类"。这些类的人们，如果没有后代，那还比较利索，给革命带来的后患不算第一等严重。如果有了后代，就很不好，对谁都不好，横竖比较麻烦。

首要的问题是，人们怎样称呼这些后代？按常理，应该叫"黑七类子女"。但那时喜欢粗豪，崇尚一勺烩，"黑七类子女"，太文了，而且啰唆，索性都叫"黑七类"。当时有一副名为"鬼见愁"的对联说："老子英雄儿好汉，老子反动儿混蛋"，"黑七类"的子女不是"黑七类"，难道红了不成？

父子两辈或祖孙三代都叫"黑七类"，方便是方便，有时也掰不开镊子，分不出老少，不便于各个击破。好在中国有的是能人，没过多久，一个专有名词就被发明出来。这个词的特点是以动物喻人，喻的既是坏人及其子女，就舍不得借用狮虎这些比较威武的动物，而只能从卑微的种群中寻找替身。找来找去，找出一个全世界人民都没想到的称呼，分分钟在全国推广开来，其速度之快，不亚于今天一些瞬间走红的网络用语。自此，我和全国成千上万的同类青少年一道，拥有了一个新的名号："狗崽子"。

这件事比较蹊跷，直到今天我仍纳闷。中国历史悠久，语言发达，如果想骂一个人及其后代，词语多的是。比如东北话里的"瘪（鳖）犊子"，四川话里的"龟儿子"，龟也好，鳖也好，都是较低等的卵生动物。而那个狗，就算它再卑贱，再丑陋，好歹是哺乳动物，为什么偏偏选它出来，代表我们和我们的长辈？

叫谁当代表？

我的串联生活

据印象，"狗崽子"一词最先是由北京红卫兵叫起来的。北京红卫兵说的是北京话，卷平舌分明，高级，贵气，哪里瞧得上外省土里土气的"龟儿子"和"鳖犊子"？可是，北京话里也有类似的词语"王八蛋"啊，既如此，为什么没把"黑七类子女"统一叫成"王八蛋"？这应该算是一个历史之谜。我猜，是不是有关方面专门开过会，集思广益，对比分析，认为还是"狗崽子"一词更准确，更能代表让它代表的那几千万特殊人群？

几千万，不是"白发三千丈"似的夸张，是有根据的说法。当年估算好人坏人，总爱说：百分之九十五以上是好的比较好的。那剩下这不到百分之五的，无疑就是坏的比较坏的。还好，比例不算很高，通用的说法，这些人是"一小撮"。问题在于，中国的总人口太多，当时已有六七亿了，乘一乘，六七亿的不到百分之五是多少？是很大很大的"一小撮"，几千万的数字，就是这么得出来的。到底几千万？不好说，因为这不到百分之五的坏人，他们还有子女，还有亲属，细算起来，恐怕一亿都打不住。但是必须打住，宜粗不宜细。

在"黑七类"中，我的父亲属于最后一类："黑帮"。

"黑帮"这个说法，最先也是由北京叫起来的。

用今天的眼光看，"黑帮"一词不但丧失了当初的危险性、瘆人性，而且多少具有某种"酷"的意味，令人容易想起马龙·白兰度和阿尔·帕西诺主演的美国大片《教父》，想起美丽而又神秘的西西里岛，玫瑰、面包、橄榄油，匕首、胸毛、炸药包。

可是当年,我父亲周围的那一圈人,那一圈先是他的同志,后来又成为他的批判者的人们,虽然一个个都是上纲上线的高手,充满想象力,临了临了,差了一把火,没有穷尽"黑帮"一词的底蕴,把我爸跟欧美资产阶级黑社会挂到一起。如果这样一挂,肯定更有刺激效果,试想一下,离首都不太远的地方,突然挖出一个潜伏多年的黑手党,那该让誓死保卫领袖的革命者多么富有成就感。

事实上,我爸仅仅是一个稀里糊涂束手就擒的知识分子干部,一家地方报纸的副总编辑。革命初起,大势所趋,老坏人之外,又揪出许多新坏人。这些新坏人原先都在革命阵营里做事,揪出之后一时不好归类,用"黑帮"这个既恐怖又陌生的字眼儿先把他们罩住,再慢慢收拾,不失为一个高明手段。

名目定下来,说话界有了新内容,唱歌界不肯闲着,马上策应,满世界的大喇叭于是高唱:

拿起笔来做刀枪,
集中火力打黑帮,
……
谁要敢说党不好,
马上叫他见阎王!
杀!杀!杀!
——嘿!

由此可见,"黑七类"当中,"黑帮"尽管排名靠后,却是主要打击目标,其他几类先前已经打击过多次,现在将其降为次要地位,量他们也不敢翻天。

其时我14岁,正念初中一年级下学期。此前填履历表,家庭出身一栏我填的是"革干"二字,简洁而光荣。如果那件事没有发生,尽管父亲已经成了戴罪之身,我还可以隐瞒不报,继续以原来的身份混迹于校园。但那件事毕竟发生了,而且无法避免,用现代保险业的术语说,具有不可抗拒因素,宛如战争、地震和火山爆发。

对此,我无法伸出双手,逐一捂住全校师生的视听器官,只好站在太阳底下,让大家指着鼻子说,原来你是这样一种货色。

那个不可抗拒之事就是:我的父亲被他所效力多年的党报点名批判了,通栏大标题,整整三大版,报纸原印数之外,加印40多万份。

党报代表的是党,党报点名批一个人,其分量可想而知。尤其这个点名时间,属于运动初期,享此"殊荣"的人不多;而且报纸是珍稀媒体,一个城市也就出版一两种,人民还特别爱看报,所以被点名者特别扎眼,一下子就会被大家死死按住,无可遁逃。成年人有了我爸这个批斗对象,未成年人嗷嗷乱叫,也发现了可供一展身手的猎物。

扯远了,简单说,我被学校红卫兵拿下,用军用皮带、木棍和弹簧鞭狠狠地、正式地打了一顿,打得我全身肿胀,鼻孔蹿血，眼珠子都快冒出来。同学之间，本来好好的，怎么说翻脸就翻脸，说动手就动手？

所谓"正式"，不是那种堵到胡同里三拳两脚弄你一通的小流氓打法，而是一群义愤填膺的少男少女，组织起来，聚集在学校的一个隐秘房间内，有审问，有记录，有打倒后拖起来再打、再问、再记录，如此这般，一整套既定程序。按古今中外的惯例，应该管这个叫刑讯。但参与打我的同学高屋建瓴，他们把自己及其刑具叫作"无产阶级专政的铁拳"。

红卫兵的刑具中，木棍最具"群众性"、"普遍性"、"适配性"，锹把、镐把、桌子腿、擀面杖等等，随处可见，都可用来"执行任务"。军用皮带的来源及功能转换也好解释，围在腰上可以当裤带，抽出来可以当武器，它的别名"武装带"是不是也包含了这层意思？可是那个弹簧鞭，它是怎么诞生的？直到今天，我仍无从寻觅答案。细想一下，它可真是一件奇物，盘起来像小蛇，便于隐蔽；伸展开来仍像小蛇，便于攻击。圆柱形的金属头，有皮儿有瓤儿的松紧腰，握上去应该很舒服的把手，三者如此完美地结合，又如此频繁地出现，非专业设计和批量生产，万难。谁干的？是临时突击，还是早有存货，咋那么有想法呢？

红卫兵继续革命的精神很强。打完我的次日，特派两名我的同班同学，敲开家门，进一步落实工作，叫我"只许老老实实，不许乱说乱动"，如若不然，"铁拳"随时还会落到我的身上。

他们若是党卫军和宪兵队，问题就简单多了，那我就只有恐惧，恐惧比较容易原谅，反正我也没有什么情报可供泄露。

但他们是红卫兵，他们认为他们正确，是在革命。

我也想革命，除了偶尔逃个课，嘴上占点便宜，逗一逗男同学，没做啥对不起革命的事。可是突然间，却被革命打了，所以我深感羞耻。你们热爱毛主席，你们是自己人；我也热爱毛主席，也是自己人啊。自己人不拿我当自己人，所以又深感委屈和困惑。在多种情绪的折磨中，我等待着红卫兵和"铁拳"的再次造访。

红卫兵没有再来，他们有更重要更有趣的活动要去参与，这就是席卷全国的大串联。

无论从哪个方面看，大串联都是中国乃至世界文明史上一个极其特殊的事件。

在中国这样一个人口大国、疆域大国、贫穷大国，无数初中生、高中生、中专生和大学生从某一天开始，忽然有资格在全国范围内，以毛主席的客人和革命小将的名义随意走动，吃住行统统免费，狂喜不？震惊不？这是一种天大的变革，还是一种超级的疯癫？

不知别人怎么想，对当时的我来说，这是一种前所未有的诱惑。

革命向纵深发展，我身上的伤口逐渐"定嘎渣"，也就是结痂。全国的"黑帮分子"陆续增多，一个更比一个级别高、名声大。相形之下，我父亲的问题反倒变得不那么令人窒息了。

他是最先被抛出来的"棋子",属于"舍车马,保将帅"。抛他出来的人美梦不长,很快也陷入绝境,属于"螳螂捕蝉,黄雀在后"。

有关串联的种种趣闻不断传到耳畔,一种欲望在体内蠢蠢欲动。

不独我,我的兄弟姐妹也在动念头。

兄弟姐妹不是泛指,是真实的存在。我家有五个孩子,我居中,上有姐姐哥哥,下有妹妹弟弟,同胞品种一样不缺。我姐刘宁是高三生,我哥刘阿音初三,我妹刘维莎小学六年级,我弟刘嘉陵小学四年级。

以串联规定的学生类别论,我家有三个孩子够格。

以家庭出身论,我家没一个够格。

但欲望自有欲望的路径,欲望常常逾界而行,尤其在乱世,在愚鲁的青少年身上。

我家首开串联纪录的,是刘阿音。此前他见班上几个父母有"历史问题"的同学,擅自将出身改为"市贫",亦即可作多种解释的"城市贫民",到外面小晃一圈居然顺利归来,于是有样学样,也到周边中小城市转了转。据他事后炫耀,这期间,他遇到一些江湖奇人,得其点拨,能力和信心大涨。回来后,对自己在小范围的试水行为并不知足,更不甘心自己的骨肉同胞无缘革命,于是起了手足一同闯荡的念头。

刘齐,别在家窝着了,跟我串联去。

我哥长得比我高,比我壮,嗓音也憨。很早他就练起了哑铃和俯卧撑，不时绷紧胳膊，让我摸一下他的三角肌和肱二头肌，那些栗色肉块没等主人开口，自己先就骄傲起来。

我们俩？

我们仨，还有大姐。

啥时走？

明天下午。先别跟爸妈说。

关键是我妈，跟我爸咋说？

对啊，咋把这个茬儿忘了。

以往哥俩干点儿大人不许干的事比如野浴，习惯用语是"别跟爸妈说"。但现在这么说不合适，现在我爸不在家，被关在小黑屋子里反省，以便随叫随到，满足城乡各类批斗的需求。

串联是大好事，刘阿音先行一步，已然尝到甜头。尽管都是"黑七类子女"，我哥我姐在学校的处境却比我好一些。说不上他们学校的红卫兵比较保守呢，还是我面对的红卫兵比较激进，反正我所遭遇的厄运，尚未出现在他们身上。鉴于我爸公诸于世的"黑帮"身份，他俩和我一样，也不符合加入红卫兵的条件，歧视是有的，灰溜溜的感觉是有的，但要好的、富于同情心的同学也是有的。譬如我哥的同班好友孙晓光和宋春如，他俩恰恰又在红卫兵中担任一定职务。

"文革"以来，他俩对我哥多有袒护，甚至带他去远郊的东陵公园住了一段时间，参与保护清朝古迹的活动。在那之前，小将们破"四旧"（旧思想、旧文化、旧风俗、旧习惯）破红了眼,喊咪咔嚓毁掉无数历史文物,用力之猛,局面之烈,连一向支持他们的上面都觉得有点儿搂不住闸,遂发指示,要对某某重点文物予以保护云云。

护陵期间,虽然没给我哥发袖标,保护的又是专制帝王努尔哈赤的陵寝,他仍有一种参加革命的神圣感,白天积极,夜里也积极,瞪圆了眼珠子搜寻四周,草棵子里有一点动静立刻冲上前,用手电筒乱照,边照边喊,看见你了,快出来!

我哥说,这叫兵不厌诈。

我说,日本鬼子也会这么诈。

我哥白我一眼,又传授秘招儿,黑天遇到情况,手电筒别端在肚子前面,应该把它伸到两侧。

什么两侧?我不解。

你咋这么笨?我哥恨不得掐我一把,你左手拿电筒,就是左侧,右手拿,就是右侧,不管哪一侧,胳膊都要往边上伸,尽量离身子远点。知道吗,这叫戒备,万一有人开枪,电筒打瞎了,你人没事。

可是,我这样的,能去串联?

我能去,你肯定也没事。古文物保护者信心十足,"别的你不用管,只管把自己衣服准备好。"

一切都在暗中进行,孰料次日下午突生变故,整个行动险些黄了。

本来计划还算周密,刘宁起草了一封信,扼要说明姐弟三人的想法,中心意思是让母亲放心。写完信,折成人字形,压在妈妈枕下,不巧被弟弟妹妹发现。两个小的早就察觉三个大的形迹可疑不太正常,现在抓个正着还有什么可说,赶紧吧,要么全体一起行动,要么都在家里待着谁也别走。

劝说,反驳,许愿,纠缠,时间拖下来,拖到我妈下班回家,一切都瞒不住了。

作为"黑帮老婆",我妈压力很大,成天为丈夫和子女担忧。我爸刚见报、家里刚被抄的那些天,不断有消息传来,说是某某人服毒了,或者投湖了、上吊了、跳楼了、卧轨了、割腕了、拧开煤气了,总之是"自绝于人民自绝于党"了。我妈的心紧紧绷着,怕我爸一时想不开,也走绝路。她一宿一宿不合眼,不论我爸上厕所上厨房还是上孩子房间,都盯在后面,以致患了严重的神经官能症,后半生她即使想睡觉,也难以入眠。对当前这个局势,我妈心里怎么想的没人知道,只听到有一句话,经常挂在她嘴边:"千万别再出事。"

出乎意料的是,她居然同意三个大孩子外出走走,散散心,甚至让我们带上刘维莎,理由是刘宁一个女孩子出门在外,不方便,有维莎同行,相互是个照应。小学生的妹妹尽管不符合串联要求,但她长得人高马大,还像个中学生模样。刘嘉陵则无论如何不行,他的娃娃脸一看准露馅。

一听这话维莎喜出望外,妈你真好,回来我一定好好学习!

我哥本来没打算带维莎,见状也不便反对,只是说,学啥习学习,停课闹革命。

我妈唯一担心的跟我一样，身份，你们这种出身，出了事谁也救不了，听我一句劝，还是别去了。

我和我姐对视，明白这才是我妈的真实想法。刘维莎高兴了不到一分钟，还不知如何切换表情。

没事，我们有介绍信。刘阿音胸有成竹。

你们不在一个学校，一起走，谁给开介绍信？能给你们开什么样的介绍信？我妈的理由愈加充分。

她的话音刚落，刘阿音就魔幻般展现出一张介绍信，其内容大致如下：

最高指示

你们要关心国家大事，要把无产阶级文化大革命进行到底。

革命大串联介绍信

各地串联接待站负责同志：

兹介绍我校革命学生刘卫东等三名同志，前往你处进行革命大串联，请予接待为盼。

此致

无产阶级文化大革命的战斗敬礼！

沈阳市第23中学××红卫兵司令部（盖章）

1966年11月×日

（有效期至 年 月 日）

介绍信中提到的刘卫东，就是我哥刘阿音。阿音的生日是7月17日，也是音乐天才聂耳在日本溺水身亡的忌日。这一天曾被定为音乐节，我爸因此给他起名"阿音"。由于这两个字的谐音，阿音在顽童界获得一个外号："阿姨"。我哥一向不喜欢"阿音"这个名字，认为自己跟音乐毫无关联，而且阿来阿去，女里女气，更显可笑。"文革"一来，自行改名叫刘卫东。我家内部尚不认可，仍叫他阿音。

须要说明一下，这张介绍信看似普通，却在几个关键之处暗藏玄机。

一、介绍信抬头的"各地"二字甚好，可以让你关里关外、南方北方任意驰骋，宛如今天的弱势群体，获得一张没有限额的银行卡，由你甩开膀子，敞开消费。

二、将串联者的身份定为"革命学生"，也是聪明之举。该称呼虽无红卫兵的名头响亮，却是一个含义宽泛的安全说法，进可攻，退可守。进，能包括甚至替代红卫兵的概念；退，别人即使查出真相也不会说你假冒红卫兵，我们是学生没错吧？

学生要革命也没错吧?

三、回避了一些介绍信喜欢标明的"家庭出身"字样。

四、有效期未予填写,这就把主动权留在自己手中,其效用也相当于可以随便刷的银行卡。

这四点太妙了,刘卫东你真不白给,又机智又英勇。毛主席啊毛泽东,你往沈阳市和平区这边看一看,你真该让刘卫东也来卫一卫。

我妈的疑虑似乎有所缓解,但她马上又说,怎么是三名同志?小维莎怎么办?她去不了,你们也不准去!

一听这个我就蒙了,姐妹二人也是一脸傻相。

刘卫东刘阿音没傻,他从兜里摸出圆珠笔,在介绍信上描了几下,再拿到家人眼前,上面那个"三"字,此时奇迹般变成了"五"。

你这是随意涂改!我妈正色道。

没事啊,现在都这么干,没人管。

笔的颜色不一样,人家一看就看出来。我妈毕竟是干部,心思比较缜密。

妈你就放心吧,介绍信都是这管笔写的。刘卫东晃了晃圆珠笔,等于招认,那一张神奇的介绍信,原来是空白的,想怎么填就怎么填。我哥性子比较憨,不是那种贼精贼怪的机巧之人,天知道他是怎么学会这一套的。

都五了!刘嘉陵猛地喊了一嗓子,多出一个了,我也去。

不许去!我妈大喝一声,眼泪随之掉了下来。

妈，没事啊。刘阿音以一米八几的大身板儿，一把搂住我妈，粗声粗气安慰，又向我们示意快走，火车不等人，有点来不及了，小维莎，你还磨蹭啥？

刘阿音后来的身高长到一米八六，当时多少，说不好，但肯定过了一米八。他已经不是第一次，这样搂我妈了。我爸见报后，我哥心里难受，想跟中学同学说说，又开不了口，就找了个小学同学咨询：被报纸点名的人，运动后期怎么处理？那小子并不比我哥高明多少，而且不知报上点名的也有我爸，想都没想，张口就答：怎么处理？拉出去统统毙了。我哥听后一声不响，闷头回到家里，死死搂住母亲，放声大哭：妈，给我爸多做点好吃的吧！

你们三个有学生证，小维莎没有，我妈说，查出来大家受连累，听话，都别去了。

我姐说：这个好办，就说维莎的学生证丢了。

眼见四个孩子去意已定，我妈哽咽道，你们可一定加小心啊，千万别再出事了。

直到我们跨出门槛，我妈才想起问一个重要问题：小阿音，乱马人花的，你们这是要去哪儿啊？

去北京，见毛主席。我哥看看四周，鬼鬼祟祟地回答。

几个被红卫兵视为"狗崽子"的瑕疵少年或污点小孩，冒着一旦查出身份肯定遭殃的风险，去见全力支持红卫兵的领袖，用今天的眼光看，这是一件非常诡异的事情。但对当时的我们来说，这样做，却有相当自洽的理由和顽强的内在驱动力。红卫兵凶狠打压别的"狗崽子",谁也管不了,连毛主席都说革命是暴动,是"要武",不能那样雅致,那样温良恭俭让。但管我们叫"狗崽子"实属冤枉,我们也在红旗下长大,甚至还"红"过一段,体内也跟红卫兵一样,早已植入了热爱毛主席的种种程序。我们相信,去见领袖也是我们应有的一份荣誉,一份只要没被阻止就该抓住不放的机遇。

毛泽东第一次接见红卫兵,是1966年8月18日,全国不少造反组织因此取名叫"八一八红卫兵"。第二次接见是8月31日,接见出了辽宁一个著名派别——"八三一红卫兵"。之后隔个十天半个月就接见一次,到我们姐弟四人上路那天为止,已经接见了六七次,全国欢声震地,全被调动起来。但老人家还要干很多大事,天也冷了,不可能把全国红卫兵都接见一遍,说不定哪天一商量,就会告一段落,那还等什么?

当时,大连海运学院的大学生别出心裁,创造了一种徒步串联的形式。上面一看这个好啊,又省钱又锻炼,马上提倡。全国不少红卫兵打着红旗,捧着领袖像,背着背包,背包上还掖着备用的鞋,呼哧气喘地效仿,号称"新形势下的新长征"。

我们不想这样做。

沈阳到北京,路长梦多,一步一个坎儿,别人都是大队人马,我们就四个人,愣了吧唧往前闯,指不定会出啥问题,累不说,时间也不够,走到北京,啥好事都没了。

首选是坐火车,选几次也是坐火车。

沈阳站聚了一堆一堆的人,站前广场上,苏军纪念塔顶端,

打倒 油炸 炮轰

怎么痛快怎么说

那辆墨绿色的坦克一如既往，将炮口冲着东边日本国的方向。坦克所处位置，有七八层楼那么高，当初是怎么把这个大铁块子放上去的？中苏交恶，已经好几年，该坦克不再具有正当地位，但红卫兵够不着坦克——但凡有办法也不能让它逍遥于运动之外。那就力所能及，在塔腰以下，连同塔基和台阶，层层叠叠糊满大字报，"打倒"、"炮轰"、"油炸"，政治、军事、烹调，什么语言痛快用什么。

苏军纪念塔建于二战结束的40年代中期，是沈阳的一座地标性建筑。人们在火车站约会，只一句"坦克底下见"，任谁都不会产生歧义。

"狂飙兴起，意识形态弥天，啥都容易出问题。"细究起来，沈阳人的这句习惯用语，似乎与大无畏的斗争精神不相符合。"坦克底下"和"刺刀底下"有啥区别？莫非东北人当了14年的"亡国奴"还没当够？可是，再大的帽子也有开小差的空隙，人们说的只是在坦克底下约会，并没说在坦克底下投降。约会完了，比如我们，还要去北京见毛主席。挨打之后，我久不出门，冷不丁看到外界，止不住胡思乱想。

我们无人约会，迈开大步只管往站里走。

不走二楼检票口，还检什么票？走一楼出站口，此口改了功能，可进可出，随便。

进得第一站台，人比车站以外还多。我们被告知，开往北京的临时编号列车不在这里，而是停靠在车站以南很远的一条支线上。

立刻往那儿跑,身上的大包小裹提溜拴挂,稀里哗啦,跑到一列绿皮车前,插在人群中,等待列车员开门。这趟车肯定误点了,幸亏误点,否则我们不一定赶上。

此处无站台,车厢显得很高,人们站在枕木下面,仰脸往上瞧,脚下踩得垫枕木的碎石块哗啷哗啷响。一辆蒸汽机车驶过,咻出一股白汽,遮住人群,煤烟子味扑鼻而来。

天色黑透,车内迟迟不肯亮灯,每节车厢的腰身上,光溜溜的,都没挂以往那种行程标牌。有人怀疑这趟车不是开往北京,提议换一个地方,去北边站台看看。更多的人不为所动,死死守住车门。

一阵寒风吹来,我妈真可怜,我有点儿想她。刘维莎哭唧唧地嘟囔。

你现在回家还赶趟,刘阿音噎她一句。我也有点烦她,心想不让你来你闹,让你来你还闹。

刘维莎闭上嘴,刘宁帮她把肩头的书包背带顺一顺。

车门打开了,人们拼命往上拥,我哥身大力不亏,几下就冲到前面。他的办法很好,不跟人硬挤,而是紧贴车厢外壳,使巧劲,借劲,逐步向车门横移。我第一次见到这种阵势,被人堆隔住,挤不上去,绝望中忽听有人大声喊,侧脸一望,好一个刘卫东,他已成功登车,从一个车窗伸出半截身子,招呼我们往上爬。

刘维莎和刘宁先上,我哥在窗里拽,我在窗外搡。姐妹二人身手尚敏捷,只是姿态不够端庄,衣服也被㧓开,白光一闪,露出原本掖得很严的后腰。

我们比较幸运,因为我哥占了一个二人座席。

我对我家这个四人小组也有贡献:发现座席底下是个好地方,可以在狭窄的空间屈身蜷腿,睡觉。我哥把旅行袋推进去,占住位置。我怕这样不保靠,自己先钻进去,露出脑袋说,这里挺舒服,一人睡一会儿,换班来。

我哥让姐妹二人坐在座席上,刘维莎靠里,刘宁靠外。刘宁想站起来,我哥说,姐你坐,我体格好,站一宿都没事。

原以为车外人多,哪知车内人更多,多到所有空地一律插满,密度如此之大,以致站立者双脚悬空,身子都很难下坠。

见此情形我不但不觉憋闷,反而感到几分轻松,因为传说中的出身盘查看来很难进行下去。别说盘查,想方便一下都不行,通道堵得严严实实,就算勉强挤到厕所,里边至少有三四个人,窝在难闻的气体中,建议你换一个厕所试试。

地面满了,空中几乎也满了。狭长的车厢左右,两排行李架上,人们一个挨一个,脊背紧贴半圆形车顶,大尺度弯腰,双腿搭在半空,鞋袜荡来荡去,青春汗脚意味深长。感谢当年高质量的简朴车体,感谢低热量食物养大的苗条人体,尽管行李架被压得嘎吱作响,硬是没有塌垮,一路坚挺到底,至少我们这一路挺到了底。

从沈阳到北京的铁路,老话说是"里七外八",意思是关内700华里关外800华里,共计1500华里,合750公里。蒸汽火车时速60公里,一般情况十几个钟头即可跑完全程。但我们这一趟磨磨蹭蹭，走走停停，竟然用了30多个小时。这条民国初年全线通车的铁路，原先叫京奉路、北宁路，现在叫京沈线，铮亮的铁轨跑过张大帅的兵、日本人的兵、国民党的兵、解放军的兵，现在轰隆隆的，又跑着红卫兵，哪一个兵也没有红卫兵这样的姿势。山川平原，田垄电杆，见怪不怪，默不作声。火车上的年轻人站也不是，坐也不是，一个个小脸蜡黄，半睡半醒。天安门的欢乐海洋中，那些牛哄哄的男女小将，原来要经历如此狼狈的阶段，才有可能抵达光辉的所在。

第二天深夜，或者是第三天凌晨，总算，谢天谢地谢革命，我们进了北京。

这是我生平第一次进京。

原以为火车能停在著名的北京站，7年前刚刚落成的首都十大建筑之一，宫殿一般，整点敲钟唱东方红。没猜对，停的是永定门火车站，没听说。那也长出一口气，高兴。

被一节节车厢压缩成一坨坨长方形肉类的小将，此刻纷纷拆卸为单个人身，挣出门窗，排着长队到先农坛体育场集合。

体育场亮如白昼，场地上停着几十辆大客车，周围有四只高高的，比沈阳坦克塔还要高的巨大灯架，向场内放射出更加巨大的光芒。"更加巨大"似有语病，管它呢，非如此不足以形容当时我的观感。"最最最"不是也有语病吗，人民并不挑剔，照样用来表达热爱领袖的心情。如今一些宣判词，爱说某某人的贪腐数额"特别巨大"，法律上也这样行文了。

我和我哥都是球迷，没少在路灯下踢球。这是我们第一次

小将们从"肉坨"中拆出来

我的串联生活

见到正规的灯光足球场，内心的震撼自不必说。沈阳有好几支甲级队，足球地位很高，却享受不到这种待遇。而北京，有一个先农坛已经挺牛了，可他们还嫌不够，又修了个更大的工人体育场，也能在灯光下比赛，也跟北京站一样，是向国庆十周年献礼的十大建筑之一。这些建筑印在画报和明信片上，让外地人一遍又一遍地眼馋。

北京到底是北京。

北京一定有更多、更奇异的第一次，等待我们去激动。

可是，恐惧和紧张并不会轻易消失，马上，立刻，进京人员就要接受检查。刺目的强光从四个灯架往场内猛射，犹如亿万人民的雪亮眼睛。

沈阳23中四人小组排在队伍里，一步一步向前移动。

刘阿音兼刘卫东走在最前面，一手拎着旅行袋，一手捏着介绍信。

心怀鬼胎的刘齐第二。

东张西望的刘维莎第三。

梳着抓抓辫儿、戴着白色赛璐珞近视镜的刘宁殿后。

接待人员站在一张桌子后面，向我们前面的人问着什么。

我张大嘴，使劲喘气，昨天刚进沈阳站时，我也这样呼吸来着。我觉得自己是在经过一道道封锁线，我没敢想这是敌人的封锁线，也没敢想这是革命的封锁线，想的就是封锁线，纯粹的封锁线。但封锁线这种概念本身就有毛病，就不该出现在脑海中。封锁谁？谁封锁？难怪红卫兵对你专政，这么专政你还乱想,你到底要干什么?

接待人员从刘卫东手中接过介绍信,目光就要扫来的一刹那,我的心脏剧烈跳动,猛然蹲下身,假装系鞋带,双手在脚面乱颤。我承认,我这是极端自私的懦弱行为,几近叛变组织、出卖同志。因为我这一蹲,就把小学生刘维莎直接放到险境之中。

可叹刘维莎哪里懂这些,仍旧四下看热闹。东北话管这个叫"卖呆",别的她也卖不了,只能卖"呆"。紧要关头,只见刘宁的腿脚快速移动,将少不更事的妹妹挡在身后。

马上我就后悔了,因为刘宁挡不挡维莎,我蹲不蹲,一概无碍大局,接待人员连问都没问,而只是草草看了看那张介绍信,手一挥,放行了。串联学生比树叶还多,哪个有耐心细查?

兴奋啊,如释重负啊,北京,你博大的胸怀,一颗纽扣也不系,就这么向我们敞开了。我体验到一种"逃出来了"的感觉,一种前所未有的舒畅,或者叫自由,身体的自由,心灵的自由。自由是多么的美好,哪怕只是自由一小段时光,哪怕自由过后,仍然回到不自由的状态,但是毕竟尝到了自由,有了可供回味、值得追求的资本。

还有些惋惜,刘卫东的那张介绍信,白白机智勇敢了一场,接待人员啊,你咋不好好看看,那上面都是智慧啊!

过了"封锁线",另一个接待人员随机"扒大堆",连连吆喝:你,你,你们这一拨儿,往那边去,上那个车,不对,不是红车,是绿车。

人们乖乖登上大客车,用的是门,不是窗。外地小将初来乍到,即使再有闯劲,毕竟对圣地般的首都怀有一份敬畏,其中还夹着生理上的疲倦和饥渴。

不料引擎刚一启动,我们那辆车就变了样,人们,都是些孩子,一反长途跋涉的困顿,马上活跃起来。有几个人高呼:我们要去天安门!我们要去天安门!很快,大家都跟着喊起来,喊得很有节奏,七字一句,二二三结构,想没节奏也难。

司机善解人意,也做得了主,只用不大一会儿工夫,便叫人们遂了心愿,看到了天安门。汽车随即挂了低挡,慢慢开,为的是让大家多瞅两眼。事后我查地图发现,我们从先农坛出发,向北,走的是天桥大街、前门大街,再向北,就是天安门广场,你喊也好,不喊也好,司机总归要往那里开。

夜幕下的天安门自有一种特殊氛围,灯笼八盏,红旗八面,静静伴陪着毛泽东的巨幅画像,那上面的色彩非常奇妙,既柔和又耀眼,既熟悉又新鲜。从前的做法:"五一"、"十一"两个政治节日才插旗、张灯、挂像。"文革"改了规矩,天天都是如此。这就对了,符合经典著作精神。列宁有言:革命是人民的盛大节日。"文革"这个盛大节日刚刚开始,远未到结束的时候。

有人咳咳嗓子,唱起《大海航行靠舵手》。

这是当年最流行的歌曲,如果《东方红》排名第一,排第二的没准就是它。多年后从酒桌上听说,这首歌的曲子竟是抄袭之作，是从《我为祖国献石油》那首歌上扒下来的。说者怕大家不信，把两首歌从嘴里"拎"出来，一句一句对着唱：

大海航行靠舵手/锦绣河山美如画；
万物生长靠太阳/祖国建设跨骏马；
雨露滋润禾苗壮/我当个石油工人多荣耀；
干革命靠的是毛泽东思想/头戴铝盔走天涯。

酒友们听了，一个劲叹息，都说太像了。话说回来，那晚在天安门，没有一个人知道其中奥秘，知道的也不会说。石油和舵手，哪个更重要？这首歌的影响太大，就算是抄袭的，先前那首歌，也得谦让一下。

可是，当时在车上，有一件事比唱歌更迫切。

起歌的人显然不了解大家的心思，清完嗓儿，唱了第一句，停下来，指望众人跟他往下唱，众人并不唱，而是异口同声高呼：

我们要见毛主席！我们要见毛主席！

这是一句妇孺皆知的口号，产生于毛泽东接见红卫兵初期的天安门广场。广场太大，排在后面比如纪念碑一带的人，根本看不着城门楼上的细节。古代画论管这个叫：远山无树，远水无波。靠前一点的还好，勉强可见一个个小小的人影，但也看不清眉眼。古人对此亦有说辞，叫作：远人无目。大家不满足，都想看个仔细，就你推我，我推你，齐心合力往前拥。负责警戒的军人哪里肯让,手挽手排成人墙,脚抵着地面,身子往后,拼命顶住人群。众小将不干了,凭什么呀?我们这是向毛主席靠拢,又不是干坏事,大家一急,急出了这个口号。

"我们要见毛主席",跟当时所说的时代最强音"毛主席万岁"相比,应该算是时代第二强音。有一次,在震耳欲聋的喊声中,毛主席他真就下了天安门,从中间那个门洞出来,一步步走上金水桥,径直坐在石头桥面上,屁股底下啥也没垫,近距离向人群招手。第二天的《人民日报》说,毛主席这是跟红卫兵小将心连心。《人民日报》我看不到,但报纸上的重要文章电台里都播,大人小孩围着收音机,聆听北京传来的红色电波,已成国中时尚。

大客车开到天安门前,左拐,沿着长安街行驶,口号声也随之左拐,一浪高过一浪,经过中南海时,分贝值达到顶峰。

四人小组的表现一点不比别人逊色,刘宁扯直了脖子,刘维莎举起了拳头,刘卫东目光憨直,唇齿大动。我周身发热,有一种终于"混进来了"的庆幸感。

新华门的哨兵静默肃立,似向车内查看。

满车小将血脉贲张,却无一人去想,此时夜色正浓,万众都歇着呢,万一惊醒了睡梦中的毛主席,以及尚有资格居住此间的其他领导,各位这是有益于革命呢,还是相反?就算毛主席喜欢白天睡觉,夜里上班,你们这一通喊叫,若是打断了老人家的思路,哪个有本事给他接上?

再说难度也大,你们想见主席,谁不想见?去天安门司机能做主,这事做不了主,他只能给一脚油,拉着大家向西行驶。

街上没一个人,偶尔有类似的大巴迎面驶来,两车擦身而过,喇叭一鸣,气流一掠,长啸不已。

灯光渐稀,街道渐窄,分配给我们的住地到了。

这是一个名叫什坊院的地方,是一所简朴的小学校。

男女生按规定,分住两处校舍。四人小组自行分开,刘宁和刘维莎住本校,刘卫东和刘齐几百米以外的分校。

其时,各地学校都停了课,校园内很少见到学生,大多串联去了。没串联的,也不爱待在学校。

校园里又总能见到学生——外地的串联学生。你上我的学校来,我上你的学校去,反正不能让校舍空着。

哥俩被分配到一间小教室,里边搭了二十几个地铺。寸把厚的稻草垫子上,铺着前几任串联者用过多次的被褥,虽有异味入鼻,倒还松软保暖,且能保证一人一套。被面花色素艳不等,当时没多寻思,用就用了,现在细想,这些应是各机关单位和北京百姓暂借或捐献而来,真是难为了,感谢。多年后一些洪涝地震灾区的避难之所,也时有类似卧具见诸图片视频,令我想起京郊的地铺。

串联者所用行李,还有其他来源。部队支援是一种,强行挪用又是一种。我成年后的一个朋友是吉林住校生,外出串联时,将被褥锁在宿舍的行李柜里。回来发现空空如也,柜中物已被取出,给远道来的小将铺盖。我朋友只好各间寝室寻找,外地学生横躺竖卧,床单被褥凌乱不堪,一时找不全,胡乱拿别人的凑合一下。你用别人的,别人也用你的,没什么好抱怨的。

又是我哥捷足先登,将旅行袋朝西北角的两个铺位一扔,占住地方。我不伦不类地想起《三国演义》中的一句话"射住阵脚"。

枕头不在配备之列,我哥让我用书包充当。兄弟俩将酸乏已久的肢体平摊开来,美美睡下。

京城居,大不易,免费京城居,更是难以想象。但我们小小年纪,以不可与外人言的危险身份,第一次进京,就享受到了。

醒来已是中午时分,又吃上了免费午餐。一人两个白面馒头,一碗肉末白菜汤,其香无比,感觉大好。不独午餐,一日三餐统统免费,且不要粮票,太鼓舞人心了,真是盛大的节日。

在中国,"免费"永远是一个好字眼儿。

什么时候钱都重要,但那时的粮票也重要,有时比钱还重要。

钱是"爹",粮票是"娘",爹娘齐全才能吃饭。

"爹"省事,"娘"麻烦,活动范围有限,出了省界市界,务必要将当地的"娘",按所供应的粮油比例,换成全国的"娘",非如此无法远行。要不咋说,那时的管理有一套呢。阶级敌人,你想随便乱跑?跑一个试试!

人民不乱跑,人民安心本职工作。

但这只是头些年的管理,合理中有不合理,确切说叫不方便。为了革命,需要人民中的一部分,也就是小将,四处活动,一些有利于此的措施便不断出台。串联初期的北京，每人每天五角的饭钱免了，每天一斤二两的粮票还是要交的。现在好了，说不上是有了新规定，还是人太多顾不过来，索性，粮票也不用交了，没"爹"没"娘"，照样吃粮。当时全国流行一首歌，"天大地大不如党的恩情大，爹亲娘亲不如毛主席亲"，旋律感人，不花哨，为著名音乐家李劫夫先生所作，许多人唱这首歌时眼里都含着热泪。

免费吃饭，对个人来说，能省出多大一笔财富！你省一笔，他省一笔，加上车船住宿费用，再乘以几个月的天数上千上亿的人次，得出来的，必是一个惊人数目，公布出来，全世界都要咂舌。"三年困难时期"刚过不久，非大气魄难有如此豪举。周总理是全国的"大管家"，给串联学生免单这种事可以由他安排，却不一定由他决定。林副主席主抓颂扬领袖事宜，也不可能分神操劳。

八成是毛主席，一定是毛主席，巨手一挥，就这么定了。

漫说对自家小将，就是对阿尔巴尼亚、越南，还有非洲一些小国，有关单位提出援助数目，本来已经很慷慨了，主席犹嫌不足，每每还要翻番或者尾数加零。不知受援国的民众对此做何感想，他们激动时唱什么歌。

什坊院的晚餐跟午餐大体相同，一人两个馒头一碗白菜汤，汤里加酱油，有时有肉，有时没肉。白菜是横着切丝，粗丝，茬口弯如月牙。

早餐仍是馒头，有粥，无菜，代之以老北京人的看家咸菜，一种盐水腌制的芥菜根块,浅褐色,切成粗丝,嚼在嘴里咯吱咯吱响,味道说不上可口,名字却很悦耳:水疙瘩。东北话发音"水嘎瘩","嘎"得很没面子,远没有京腔来得清脆优雅。

北京到底是北京,一点儿没有东北的萧索景象,快到小雪节气了,柳树仍有绿意,积水尚未结冰。

什坊院的这所小学校位于海淀区公主坟附近,东一处田园垄亩,西一处楼舍平房,属于当时的城乡接合带。步行一段,可搭上公共汽车,车门一开,晃一晃烟盒大小的纸片,想去哪儿去哪儿。纸片上印着红框红字,是全市通用的免费乘车证。

千辛万苦来到北京,头等大事当然是让主席接见。

主席已经接见多次,啥时还能接见,谁也说不好,只能根据以往活动的间隔天数,大体推测一番。每次人们一问,接待方想也不想,只回一句,等通知吧。

通知啥时来啊?刘卫东站在本校办公室的窗外,问里边的人。北京的玻璃窗只有一层,比沈阳的双层御寒窗简易,我哥脖子一伸,脑袋进了房间。

来了你就知道了。窗里说了句正确的废话。

屋内有几个军人,他们被派到这里,跟学校员工一起,接待外地学生,接待一批,送走一批。领头的穿四个兜的军装,是个排长,郑州人,刘维莎至今记得他的名字:李彦喜。

我是问上午来,还是下午来?别我们一出去,通知就来了,看不着主席你赔我呀?刘阿音脱口说了句猛话。

呵呵,你这小伙子还挺厉害,什么都能赔,就这个赔不起。

李彦喜排长露出一口整齐的白牙，把两扇窗户推开，笑说：前几次吧，都是晚上来的通知。忽然绷起脸，厉声训道：谁让你进来的？出去！

我和我哥一愣，我们都在外面，没进屋啊？

李排长训的不是我们，是另有对象，那是一个灰色人影，缩头缩脑，一晃，不见了。

李排长转向我们，口气和缓下来，你们别急，白天该怎么活动，就怎么活动。

"活动"一词，所指应是看大字报、参加批判会、揭斗争盖子、交流各地动态这种政治行为，这才是大串联的本意。"文革"初期，下面温温吞吞，傻老婆等茶汉子，迟迟不能让上面满意，上面就鼓动红卫兵开赴各地，一串通，一联络，一撺掇，革命之火就噼噼啪啪燃烧起来。各地不光有革命，还有风景，捎带着，"活动"也有了游山玩水的含义。当然大家比较自觉，嘴上并不这样点明。

北京到底是北京，革命最多，风景也最多。

革命，四人小组这种背景，自然不便掺和。风景，倒是可以一看，只要胸怀革命，看风景也是革命。

刘宁说：去颐和园吧。老大发话，组员们就说，去吧。

慈禧太后喜爱的这个皇家园林，此时已不收门票，随便进，因此，跟我们来时的火车一样拥挤，乌乌央央，到处是为革命看风景的人。

世人皆骂老太后，为了修园子，竟敢挪用海军军费，也不

大串联时，
为革命看风景

核计一下，就清末那个鸟样，不这样又能怎样？现在一看，老太太主观为自己，客观为后人，无意间做了件好事。多亏她修了这个园子，不然甲午海战一通乱炮，啥好东西都剩不下，军舰军舰打沉了，炮台炮台炸毁了，京郊这一带也好不到哪儿去，顶多剩一片乱泥洼子，卖给开发商，盖一些方头方脑的水泥壳子。都说老太太腐败，再腐败人也没把赃款汇到国外；陪葬的金银财宝、珍珠首饰，再奢靡浮华，它埋的也是祖国大地。

这些话是另一次游园，我和朋友说的。时间：几十年后；地点：昆明湖西岸大清海军那个小院。回到当年，学一百篇社论也说不出这样的话。

四人小组懵懵懂懂，跟着人潮往前涌动，佛香阁也好，十七孔桥也好，都看不出个子丑寅卯。倒是刘宁，不知她们住处谁给了她一种饼干，至今仍有印象。该饼干方形锯齿边，正面压着橘子图形，吃起来甜脆香爽，果然有橘子味，只是口干，小卖部不卖今天常见的矿泉水，卖的是北冰洋汽水，一角五分一瓶。

四人小组已被免费政策惯出了毛病，轻易不花自己的钱。找一处浇花的水管子，依次把嘴凑上去，咕嘟咕嘟灌个饱。

出了颐和园，刘宁说：去北大看看吧。

我说：北大有啥可看的？

刘宁说，她就是想去看看，不然也不会上颐和园。

颐和园离北大很近，那就去吧，看啥不是看？

北京大学不一般，在中国，总挑头起事，"五四"起过事，

"文革"又起事。主席《我的一张大字报》，就拿北大做了炸药捻子，连接上他早已备好的革命梯恩梯，轰的一声，炸得全国翻江倒海。各地小将循着爆炸声，闻着火药味儿，来到京城西北郊，找到这个北大，自然要看一看，里边发生了什么。

也没发生什么，该发生的早已发生，无须等你们审查。你外人也就是一走一过，看看大字报什么的，虽说没多大兴趣，好歹也是革命行为，算是参与运动，没把免费得来的热量，完全投入游乐之中。

燕园里的大标语和大字报，高一片低一片，左一层右一层，糊得哪儿哪儿都是，没过多久，又被糊上一层。所用糨糊和墨汁臭烘烘的，令人又想掩鼻，又不好意思掩鼻，生怕被人指责，这是啥味儿？这是革命味儿，你连这个都受不了，你是哪一头的？

一幢灰楼的山墙上，有一份大字报引起我们的注意。这份大字报一连写满了好几张黄裱纸，每一张都用红笔画了圆圈，标了号码。大字报的标题：《全国已见报的黑帮名单》。

在一个个闻名遐迩的反党人士，例如邓拓、吴晗、廖沫沙，更例如彭真、罗瑞卿、陆定一、杨尚昆等等，在如此显赫的大黑帮名单之中，我突然瞥见我的父亲，一个仅被外省报纸点名批判的小黑帮，他的名字居然也被写在上面，这让我特别惊讶，马上紧张起来。当时，网络搜索引擎尚未诞生，甚至它的发明者也未必出世。这一份大字报，它的作者，需要查阅多少报刊资料，才能完成这一份任务！祖国辽阔，人民伟大，天网恢恢，又紧又密,只要盯上你,任谁也钻不出网眼。

六年级小学生刘维莎,非法串联者刘维莎,她一定也看到了这份名单,但她哪里有我这般沉着,这般多虑,只听她大叫一声:快看,有我爸!

她的声音无比自豪,仿佛我爸上的不是黑名单,而是光荣榜,是天安门。

周围一下子静下来,看大字报的人被她喊得莫名其妙,纷纷回头。

我和我哥也回过头来,狠狠瞪她,像瞪一个往自家球门踢乌龙球的蠢货。

"商女不知亡国恨,隔江犹唱后庭花。"用这诗来形容一个13岁的小姑娘,显然不合适,属于对人物特色和古诗词把握不当。刘维莎也就是一时犯傻,"二",她周围那一帮女孩子都"二"。其中,有个叫杨莉的,第一"二"。杨莉比刘维莎小两岁,特别佩服刘维莎,是我妹跟屁虫。某日不知发现了什么,特意跑到我家,用一种报喜的口吻大喊:"维莎,我姥是地主!"

杨莉的舌头似未发育成熟,"我姥"不叫"我姥",叫"我脑"。维莎事后学说,全家老少爆笑不已,从此这段轶事常被我们引述,成为家庭经典。这是头几年的事。"文革"一来,人们的出身意识普遍增强,举国上下,万分看重家庭成分,杨莉她再天真,再无邪,想必也能知道,长辈亲人的这种身份,不是可以随便乱说的。

刘维莎抽冷子这一声喊，不但让大家诧异，还引得一个戴红胳膊箍的小伙子，使劲看了她好几眼，顺便又用审视的目光，往我这边扫。扫就扫，全国那么多人跑到北京，谁认识谁呀？可是，他戴的袖标下沿，有一行小字看上去挺眼熟，好像是沈阳一个什么兵，别是打过我的那个红卫兵吧？我一激灵，往人堆儿里细瞧，那人已不见踪影。

赶快离开这是非之地，赶快！

刘维莎似乎还没看够，仍旧抻着脖子，往大字报上乱瞄。我一把攥住她的手，低头便走。只听一个男人大叫："干吗呀小兔崽子，胳膊快被你拽掉了。"

原来是我昏头昏脑，抓错了对象，怪不得呢，小维莎你那个手，怎么就那么大，那么厚？

刘宁没跟我们看黑帮名单，也没走远。不知什么时候，她寻到一株绿叶尚多、依然婆娑的垂柳，坐在树下，扳着膝盖，静静看一处四合院落。那里大概是北大一个系的办公室。在我眼中，其实没啥好看的，进进出出皆为平凡之人。

刘卫东比我懂事，跟我说，别过去，让她再坐一会。要不是来了运动，我姐这会儿也是大学生了。

我马上想起，八九个月以前，春节刚过，我爸还是好人，我姐还是好学生，正在做高考准备，即将进入填报志愿环节。有一天晚饭桌上，她向父亲请教，考哪所学校，报什么专业。我爸那时尚未料到将有大祸临头，一边喝酒，一边兴致勃勃地回忆，自己在东北大学的流亡生涯。

刘宁是沈阳重点中学20中的学生，门门功课都好，相反刘阿音比较注重体育，说白了就是贪玩，还有一个理想是当兵。幸亏上面一声令下，他不用再为考高中还是考中专而挠头，有主席教导指引方向，足够了。教育革命起东风，几人欢乐几人愁？看我姐这种直勾勾的眼神，没准她当初填的志愿，就是北大也说不定。

姐，你咋的了？维莎不知就里，走上前去问。

没咋的，就是有点儿累。刘宁站起来，走，回什坊院。

走几步停下，正色道：刘维莎同学，跟你说多少遍了，管我叫刘宁，别叫姐！

此次进京，用的既是同学名义，姐弟四人就立了规矩，彼此以姓名相称，别像以往那样，哥啊姐啊，家庭色彩浓郁。我家几个孩子中，别人长得还算各有特色，只是我和我姐长得最像，而且都戴眼镜，一看就是一个娘肚儿爬出来的。

公交车上，我无心观看窗外景致，满腹狐疑，却不敢说与兄姐。先前遭学校红卫兵一通暴打，已经很让我羞惭难言，愧对家人了。现在又蹦出这么一个戴袖标的家伙，他会不会尾随我们，也上了这辆车？会不会戳穿我的真面目，让那个闲了一段时间的"铁拳"再次落下来？

这一次不落则已，落就不是我一个人赚着，还有我姐、我哥、我妹，大家都受连累，别说看毛主席，指不定怎么挨收拾呢。你们这是啥行为？非法串联！非法就是犯法，犯法就是反革命，当历史反革命嫩点，当现行反革命正合适。罪行越摞越多，我不撂别人也会撂，蹦着高往阶级和原则上联系，已成广大群众的思维习惯。身子离开了受难之地，心离不开，从自由到恐怖，不过一两秒钟时间。

做一下深呼吸，又给自己吃定心丸，事情还不至于那么严重吧？当时在北大，刘维莎喊是喊了，却没说我爸是在黑名单上，还是在人群里。那个红卫兵，就算耳朵再好使，他又能听出啥名堂？何况，他是不是沈阳那个红卫兵，还不能确定，干吗自己吓唬自己。这时公交车停了，没有售票员报站，人们抢上抢下，乱作一团。

刘维莎冲着窗外又一声喊：木须肉！

还红烧肉呢，那是木樨地！刘卫东说。

车上的人都笑了。

刘维莎一再挨讪，羞红了脸，要哭。刘宁挽住她，得了得了，都少说点。

当晚，姐妹两个回本校，兄弟二人回分校，各自安歇不提。

第二天一早，我睡梦正酣，忽然被某种响动惊醒，揉揉眼睛，觉得屋内有些异样。戴上眼镜，见四周地铺围绕的空地上，有两个人生炉子，确切说，是一个人动手，另一人指挥，动手的是成年人，指挥的是一个十二三岁的小孩。

对于我来说，北京这种炉身和烟囱都很精致的炉子已经很奇特了，因为它烧蜂窝煤，炉膛内径仅有碗口大小，不像沈阳烧煤坯的炉子那样粗笨。可是那两个生炉子的人更奇特，小孩子白净稚嫩，是什坊院小学的学生，胳膊上却戴着红卫兵袖标。

这不对，你一个小学生，要戴也得戴红小兵袖章，就算你们还没成立红小兵，也不能乱来。我们串联是非法，你越级戴袖标非不非法？那个成年人有40岁了吧，当红卫兵老了点儿，当"红老兵"还没这个编制，可他明明是个大人，却对小孩子百依百顺，让干啥干啥，一副缩缩探探的样子，怎么有点面熟？好像在哪儿见过。

火生好了，坐上水壶，小孩拿一根小棍，敲一下细腰细脖的火炉说，老三，去本校那边，拉点儿劈柴过来。口气不算严厉，却有一种不容置疑的命令意味。男人比小孩年长许多，小孩不管他叫老师，叫叔叔，叫老张老李，叫的是"老三"，什么意思啊这是？

想起来了，这个老三，就是那天在本校办公室，被李排长斥责的灰色人影。我意识到了什么，心一下抽紧。

我哥正在叠被，叠一半，不叠了，半张着嘴，怔怔地看着老三。

其他学生醒过来，视线中好像没有老三这么个人，抻懒腰的抻懒腰，穿衣服的穿衣服。

老三是小眼睛，目光大概受过训练，只"走"规定的"路线"。他不看小孩，不看地铺上将起未起的外地学生，低着头，走了。他的衣服灰旧，胳膊上也戴着东西，却不是红袖标，是黑色的套袖。

紧挨我们铺位的，是安徽一个红卫兵，像是很有经验地说：这个老三啊，问题不大，问题大点儿的，胸前都得戴白布条,还不能让他们接近串联学生,以免阶级报复。

"问题不大"还这么"面",让一个小孩指使得团团转,问题大点儿还不得趴在地上,让人当马骑?以年龄和体力论,老三一个人可以治住十个小孩,可那小孩——大概是学校里的造反小领导,人虽小背后却有无限大的靠山,可以靠到人民,靠到军队,靠到毛主席。别说你一个老三,一百个老三又能怎样?时来,势来,人裹在其中,各有各的命。

安徽红卫兵名叫王延安,来自合肥一个初级中学,长着一副大脸盘子,红,腮帮上有酒刺;紫红,血气方刚,憨的。头发长而密,几乎遮住耳梢,一定是多日没剃头了。那时的男人,都不敢故意留长发,怕说资产阶级生活作风。

王延安穿一件绿军装,绿得发"贼",一看即知是老百姓的布料。正宗军装的布料,一定以秘方配制而成,任民间怎么模仿都无法乱真。我浑身无一丝草绿,但看多了真货,眼力还是有的。刚见面时,听到"王延安"这个名字,还以为他是革军子弟。沈阳有条街道叫延安里,一个红墙大院,圈起许多小洋楼,里边住着部队高官,其子女穿的用的皆是真家伙,可叹王延安仅有一身"贼绿",延安延安,别看叫得欢,没准儿跟刘卫东一样,都是新改的号。

白天出去逛,晚上无事,大家用炉火烤馒头片,聊起各地的名胜古迹,物产气候,东拉西扯,漫无边际,但有一条,都爱逞能,说自己家乡重要。

合肥是省会,省军区所在地。王延安脱下绿上装,挂在自己那面北墙上。

沈阳有沈阳军区,还有一个东北局。我尽量显得不那么咋呼,心说你一个省会省军区还好意思往外端。

沈阳我去过,都是工厂,除了大铁块子,还有啥?人多粗粮多,空气不好垃圾多。王延安笑说。

你们合肥好,两块板油贴一起,掰都掰不开。我哥反唇相讥,没等别人笑,自己先被逗乐了。

没你这么说的,合肥是名人多,"合"起来才"肥"。王延安摩擦袖管,重点摩擦红胳膊箍上的皱纹。我不说革命的,太多,说了是欺负你,我说一个反动的,合肥出过李鸿章,你们出过谁?

我们出过张作霖。我说。

我哥满意地看我一眼。

张作霖是谁?王延安问。

傻了吧?张作霖是张学良他爹。我哥说。

张学良这个名字,王延安可能也没听说,又不好意思问,停了一下说:李鸿章当过宰相,管你们张作霖。

张作霖当过全国一把手,管你们李鸿章!我哥仍占上风。

合肥不但有李鸿章,还有李葆华,知道他俩啥关系吗?王延安另起话题,暗中挖了一个坑。

我哥哪知有坑,信口一答:李鸿章是李葆华他爹。

完了完了,王延安一迭声喊道,也就我吧,换了别人,早说你俩有问题了。知道李大钊不?李大钊才是李葆华的父亲。

把李大钊和李鸿章相提并论，还有没有点儿立场了？

这两个"李"，阶级呀，路线呀，都拧着劲，的确没法排在一起，我哥不搭这个茬，转而问：谁是李葆华？

李葆华是安徽省委第一书记。王延安的一个同学答道。

见我们哥俩发愣，王延安哈哈大笑，他的嗓音比较怪，所以应该说，他的笑是嘎嘎大笑。看你俩紧张的，怕什么？开个玩笑。笑完丢下我们，去跟别人闲扯，好像在说一个什么事，说说争了起来，只听一个人说，吹吧你就。

吹啥？王延安说，不信就做给你看，说完噗的一声，吐了一口痰，那痰力道很足，不往别处去，专往我们这边飞，越过我们的身体，我们的被褥，啪唧一声，钉到墙上，溅出一团花，像是一盘向日葵。受万有引力指使，痰花在墙上没呆多久，变细变长，往下坠，向日葵成了一把匕首，扎在我们头上。

哎我说，你咋往墙上吐？我哥质问。

没吐你被上吧？王延安嘻嘻笑。

有你这么说话的吗？我哥喘粗气。

我说哥们儿，王延安的同学帮腔，大家闹着玩呢，管那么多干吗？又不是你家的墙。

他们一共四个人，又扯出李鸿章、李大钊、李葆华这三李，理也理不清，我递了个眼神给我哥，意思是算了，别跟他们一般见识。

李葆华是省委第一书记，这我们倒不在意，天下大乱，第几书记都可能反党，但这个李葆华他爹，却不是一般人，是堂堂的李大钊,共产党的创始人之一,当年的名次好像比毛主席还靠前。

几点了,还让不让人睡了?对面铺位有人喊,随即把教室的灯关上。

我和刘卫东出了房门,去厕所解手。寒星点点,灯火阑珊,哥俩谁也不说话,回屋蒙头睡下。

我的铺位靠墙,刘卫东左边挨着我,右边挨着王延安。王延安睡觉不懂得侧卧,卧如弓,而是仰面朝天,四脚八叉,还打呼噜。

我知道我哥睡不着,我也睡不着。我哥膀大腰圆,人称"大砣",论力气,两三个人都未必是他对手。但眼下我们的处境,用毛著里的题目说,就是《目前形势和我们的任务》,都促使我们不能轻举妄动,因小失大。无力帮助我哥,治住安徽那帮浑小子,我心里很悲哀。

一觉醒来,西墙上王延安制造的痰迹犹在,他却像什么都没发生,主动和我们搭话。说完那个生炉子的老三,又说早饭,北京什么都好,就是这个馒头,干干巴巴,太他妈难吃。顺手将吃剩下的半个馒头,朝一个铁丝纸篓瞄了瞄,仿佛那是个篮筐,腕子一抖,没投进,馒头在地上轱辘一圈,被门槛挡住。

我哥不爱跟他说话,带上我,径直去天安门。刚到北京那天夜里,汽车只在天安门转了一下,车上人挤人,没看够。

沈阳23中名下的四人小组,有时一起行动,有时为了避免露馅,俩俩一伙儿,分头行动。上天安门那回,有照片为证,只有我哥和我。哥俩自掏腰包,照了一张"新大北"的黑白合影。

"新大北"是北京一家照相馆的名字,原来叫大北照相馆,现在顺应潮流,加了个"新"字。这几个字不一般,是毛泽东的亲笔手书,笔画粗硬有力,那个"大"字尤其有力,它的一捺,不像别人写的那样,只是轻轻一捺,而是一捺到底,到底了还不尽兴,又平直着扯出很远。看出来了,他写这些字的时候,一定带着极其强盛的气势。

领袖的墨迹多金贵啊,区区一个照相馆,哪能享此殊荣?这是不久前,老人家为他年轻时的工作单位——北京大学的题词。照相馆沾光心切,将"新北大"的顺序改了一下,为己所用,与有荣焉。

相片至今仍存在我的影集中,方方正正的规格,为老式120相机所摄。摄者视角偏低,刘卫东和刘齐的目光就向下散射,仿佛在俯瞰山谷。一般俯瞰的人,气宇都比较轩昂,我们不是,我哥半张着嘴,表情有点木,我则冤着脸,不太高兴,换一句话说,比较阴郁。是不是因为什么事,我哥说了我,让我不痛快,想不起来了。

我知道,我哥在某些方面,有点儿看不上他这个戴眼镜的窝囊弟弟。我哥的体形比我适衬,脸庞黑红,已初具男子汉规模,他的健壮臂膀可以把我的小细胳膊装在其中。咱家洗衣服,他总怕母亲累着,抢过洗衣板,咕哧咕哧狠搓,两条大长腿岔开,小板凳压得吱吱响。

我的串联生活

我哥认为，他比较工农，符合时代标准，而我则比较完蛋，容易变成小资产阶级知识分子，需要他经常用工农的"碱"来兑一兑我身上的"酸"。有一回闲聊，我说了个书面语"然而"，他白了我一眼。我没察觉，隔一会又说了个"于是"，他马上鄙夷地说：什么"鱼是"，还"虾是"、"螃蟹是"呢。他跟我像是两个砂型造出来的，他从来不认为自己是"狗崽子"，他的同学可能也没这样叫过他。

我们俯瞰，还有一个原因：哥俩站的地方是天安门的观礼台。不是离城门楼子最近，由梁思成先生设计，与天安门浑然一体的红色观礼台，而是红色观礼台前面，比较矮的那个灰色观礼台。不知从哪一年开始，灰色观礼台不见了，拆除了。我们照相时还在，灰暗的矮墙上，连同后面红色观礼台的墙面上，贴满了"声讨"和"拥护"两类反着劲的大标语，跟沈阳坦克塔和北京街头见到的大体一样。贴标语的人们，感谢伟大领袖吧，感谢"中央文革"，换了别的时候，你敢拎了糨糊筒，往天安门乱贴乱涂，反了你了不成？

照片上，我俩都穿着深色中山装，四个兜的那种，皱皱巴巴，没啥可显摆的。唯一值得一提的，是每人脚上的球鞋，皆是高勒配通气小孔，鞋带交叉有致，烦琐整齐，虽不及军用胶鞋和皮靴时尚，毕竟是兄弟二人的最佳装备，平素舍不得用，特意穿到京城与首都大地亲近。刘卫东那双鞋的牌子叫"回力"，比我的更"派"，每只内踝处各有一枚圆形商标，上面有一个凸出的、用我哥的话说"起鼓"的白色肌肉男，仰身，向天上拉弓,状如后羿,欲射九日。

但那时无人说羿射九日的故事。按说天无二日,嫦娥老公一口气干掉九个,留下一个冷暖适宜,属于为民造福,也合历代法统。但人们深情满怀,也谨慎有加,仍不提此传说。别说九日,哪一日都不许射,"日"已被比喻成伟大领袖,"射"字云云,想想都有犯罪感。

天安门广场和东西长安街乃国之重地,每一座建筑,甚至每一根灯杆都显得很高级。长安街的灯杆,顶上是一嘟噜大圆灯,特有型,灯下面挂着一个长方形的音箱,用来放送节日大典所需声音。广场上的灯杆更大气,每一根都挂着两个音箱。沈阳那种灰色的高音喇叭,牵牛花形的,叫北京这个一比,太土,拿不出手。北京这个,金黄乳白,双色双响,传出的歌声格外动人——

> 金色的太阳升起在东方,
> 光芒万丈。
> 东风万里鲜花开放,
> 红旗像大海洋。
> 伟大的导师,
> 英明的领袖,
> 敬爱的毛主席,
> 各族人民心中的太阳,
> 心中的红太阳。

万岁毛主席,

万岁毛主席!

万岁、万岁、万岁万岁万万岁!

万岁、万岁毛主席!

这首歌不知谁写的,咋这么好听呢,尤其头两句,尤其"东风万里"四个字,让黑帮家庭的飘零子弟,顿时开阔了胸襟。东风万里,这得多大气魄啊,从东边,也就是北京站那边,往这边,经过这边,再往公主坟那边,一路吹过去,那是何等的豪迈!那也欠着距离,"里七外八",得从沈阳到北京,来回来去好几趟,才够得上一万里,哎呀太远了,太壮观了!

我爸单位有个记者,见了大场面不会说别的,就会说"壮观"。大家都笑他词汇贫乏,管他叫"壮观"。"壮观"手劲很大,斗我爸时把我爸脖子按出过两个大血印子。但他爱说"壮观"并没错,此情此景,搁谁都得说"壮观"。

这首歌里,"金色的太阳"、"鲜花开放"、"红旗像大海洋"几句,同样精彩,给人以晴朗、灿烂、辽阔、芬芳的感觉,让人视听嗅三觉个个愉快。今天人们常说的"文革红海洋"一词,不知是否从"红旗像大海洋"这句歌词演化而来。

日后,我在国内国外不同场合,多次听过这首歌。每次听都能想起,我们哥俩同去天安门的日子。那一天其实是阴天,北京上空的云彩很大,大到满天灰蒙蒙的,看不到云彩边缘。但我心中仍有阳光泼洒,合着"万岁万万岁"的音乐节奏,两个外地傻小子穿过如织的人流,在天安门前走来走去,查看哪一处仰望城头最为清晰,设想一旦参加接见,我们会被安排在什么位置。

回程坐的是大一路公交车,天安门不停,哥俩往西走出很远,才找到一个站点。路边,贴着墙角,有许多长方形水泥盖子,边缘包着铁皮,一个个并排扣在地面。我问我哥这是什么?我哥说是下水道,我说什么下水道?我哥说下水道就是下水道,没有"什么"。我说刘卫东你信不信,这是大便用的蹲坑,平时盖严,国庆游行时才让蹲,四周挡上,不让外面看屁股。我这是乱猜,但我哥信以为真,羿射九日的球鞋赶紧挪开,不往盖子上踩。我得意起来,当弟弟的胳膊细是细,遇事还算狡猾。

从大一路下来,要步行很长一段,才能回到什坊院。这一段灰尘极大,树上地上全是沙土,没人打扫,扫也扫不过来。路边有临时围墙,从墙缝往里看,灰尘更大,冒烟咕咚的,好似从万丈深渊腾起。当时我们并不知晓,那是兴建中的地铁一号线工地,没用21世纪通行的盾构法施工,用的是20世纪的土办法,从地面生生剖出一道又深又宽的沟壑,然后往沟里填钢筋水泥、器材设备。

近年有一种观点认为,"文革"也是有成就的,国家搞了许多建设,这些建设都是后来的基础。我赞同这种说法,并愿意用地铁一号线那个裸露多年的大深沟为其举证。然后友好地补充一句:以"文革"之后的发展速度看,若无"文革"那样的折腾，中国的建设项目，会不会更多，完成得更快更好？再说基础之下犹有基础，"基础"到三皇五帝都不算完，咱光说"文革"这个基础，是不是有点儿浅？

我们经过的那一段路，地面本就不宽，地铁工程令其更窄，且有一群人堵在那里，一时难以通过。靠前一看，唉，真不该靠前，真不该一看。几个红卫兵正在围攻一个小个子青年。听话音，双方都是东北人，相互认识。小个子似乎做了亏心事，连连告饶说，下次再也不敢了。

红卫兵甲上去就是一耳光，你一个地主狗崽子，还他妈想有下一次？

红卫兵乙从腰间抽出皮带，边打边说，叫你不老实！叫你不老实！

那年轻人躲到哪里，皮带就落到哪里，一脚没踩稳，跌倒在地，蜷起身，个子本来就小，现在更小，满身是土，一打一冒烟。

红卫兵丙又朝他的肚子踢了两脚：北京是啥地方，你也配？可能踢到膝盖上，硬碰硬，疼得一咧嘴，你他妈把腿伸开，伸开！

围观者中，一个北京老头儿小声说，非法串联，暴露了。

我胸脯子怦怦乱跳，从天安门带回来的愉快心情顿时消散，浑身瘫软无力，好像被人抽了筋。什么"东风万里，鲜花开放"，这连一百里都不到，就是这么一个骇人场面。

那也用不着打呀，我哥说，哪儿来回哪儿不就得了？

打？这还算轻的，老头抬脸，看着我哥的大身板子，眼神怪异，前些日子，逮住一个假冒红卫兵的，当街活活打死，派出所来人看看，啥也没说，拉火葬场炼了。

三个打一个，算啥能耐？我哥有点儿看不过去。

我不认为我哥应该出声，拉一下他的袖管。

你俩也是串联的？老头问，住哪儿？

就那边，我含糊其词。我这是跟马小飞学的。马小飞是电影《铁道卫士》里的特务，别人问他在哪儿下车，他不愿露底，虚指一下：前边。

快回去吧，老头说，这有什么看头？

我有点儿哆嗦，一把攥住我哥手腕，扭头便走。三个打一个你看到了，你弟挨打时，一屋子人打我一个，不也得受着？

有本事一个对一个，我哥又冒出一句，哎你别拽，我就跟你说说怎么了？我哥眼睛瞪得溜圆。

从公主坟左转，经过一个部队大院——可能是空军大院，可能是别的军的大院，反正不是一般大院，不知不觉，我竟丢下我哥，闷头疾行，只因脑中有怪念闪现，居然担心巡逻士兵拦路，严加盘问。前几天经过，总爱向院内投去欣羡目光，遥看各式军车进进出出，男女军人敬礼还礼。此刻哪还敢有心思张望，我的恐惧被放大再放大，不用别人上纲，自己先就代表红卫兵，代表解放军严厉质问：你这黑帮狗崽子，你哪里是在普通张望，你是在刺探军情，窥测动向。你躲过沈阳的红卫兵，躲不过北京、合肥的红卫兵，哪里的红卫兵都不是吃素的，都是你们狗崽子的天敌。

"文革"以来,我最不爱听的一个词就是"狗崽子"。说我是"狗崽子"我难以推脱,但我一直认为,我这个"狗崽子",是黑帮走资派的"狗崽子",是先"红"后"黑"的"狗崽子"。而地富反坏右的"狗崽子",他们"黑"的时间比我长,生下来就"黑",彼此还是有很大区别的。见那地主后代被红卫兵打翻在地,不由自主,自然而然,想起自己被毒打的惨状,一种新的感觉生成了。却原来,我和那小个子青年竟是同类,都是一丘之貉、政治贱民。你都这个德行,这个熊样了,还想分出个高低贵贱、三六九等?就算你不敢让你哥发议论,更不敢抱住那青年,抚其伤痛,阻止殴打,你偷偷地独自一人,往深里想一想行不行?都是人,都愿意到北京串联,为啥有人来了是合法,有人来了是非法?为啥有人打人,有人挨打?

当时的我,并没有这样想,也不会这样想,甚至不肯暴露内心的同情,暴露给外人是不敢,暴露给亲人是不愿。别说对这个青年的同情,就连我在学校挨打的细节,也羞于跟家人提及。那日我遍体鳞伤,一瘸一拐地回家,我哥一个劲追问,打人的是谁,叫啥名。我闭口不提,只求将耻辱和痛苦赶紧翻篇,忘得越干净越好。去年某一日,读一篇文章,说是历史上某次大乱,一个老太太抱着小孙子,被推到坑里等待活埋。沙土飞扬之际,小孙子说迷眼睛了,奶奶就轻轻拍他,哄着说快了,一会儿就好了。读到此处我欲哭无泪,特别理解老人当时的无助。

还有一个词我不爱听:"老实"。"老实"本是好词,"这孩子真老实","他老实得像个大姑娘",都是好话。大庆精神"三老、四严、四个一样"中的"三老",即是"当老实人,说老实话,做老实事"。可见上面希望的是,广大的好人老实。"文革"一来,改了,好人造反有理,"老实"只跟坏人配套。面对"狗崽子",红卫兵最爱说的就是:"老实点儿!"其潜台词是你们其实并不老实,需要严加管教。

我不喜欢"老实",一个初中生,小水珠一滴,不足为训。多年后得知,有些大人物也不喜欢这个词,比如哲学家冯友兰先生。某日他致信领袖,很快得到回复,十分惊喜。看着看着,发现信里有句话,是让他"采取老实态度",就不大痛快,心想到底什么才算老实态度,我又有什么不老实?

什坊院的白炽灯泡,一如往日那样暗淡,跑了一天的年轻人躺在地铺上,有一搭无一搭,闲聊着白日里的所见所闻。天坛、北海、动物园,前门、东单、王府井,什么时候才能接见?用不了几天了。用不了几天是几天?你跟中南海通电话了?听说上一次,中央担心人太多,游起行来一走走半天,走到天安门谁也不愿动弹,就安排大家坐卡车,以为这样能快点,也没快多少,六七千辆卡车,得排多长一个车队。什么单排?三四辆车并排。车这边的看得清楚,那边的不干了,都往这边挤,这个车挤,那个车也挤,平衡保不住,差点儿翻车。

王延安没参加议论,他用大白铁壶烧了水,倒在脸盆里。

脸盆没支架可放，直接放地上，他就叉开腿，撅着屁股，哗啦哗啦洗那一头茂盛的头发，弄得青砖地面水汪汪的。洗完了，把毛巾盖在头上，男不男，女不女，倒完水回来，咣咣敲盆底。

沈阳小伙儿，这个叫什么？他盯着我，盆里星星点点，有些芝麻粒样的小东西。

这还不知道，虱子，我也有。

我是问，这叫什么？王延安头上的香皂味甜腻腻的。

虱子就叫虱子，难道还叫臭虫？

长学问吧你就，这叫革命虫。

革命虫？谁革命谁身上的虫子也跟着革命？

那当然了，我们天天革命，没有干净衣服换，不长革命虫长什么？

革命虫长你身上，革谁的命？革你自己的命？我哥插一句，你也长点儿学问，那叫寄生虫。

寄生虫不劳而获，也能革命？我给我哥帮腔。我还想用王延安那天说过的话，反问他，你什么立场？话到嘴边咽回嗓子，立场云云，还轮不到我来发问。

串联时期，洗浴换衣诸多不便，这种依附人身的吸血小动物趁机作妖，男的受害，女的也受害，身上被咬得奇痒无比。脸大不在乎的，说说话手伸进脖子胳肢窝，直接逮一个出来，两个拇指一挤，啪的一声指甲染了红。面矮的羞于当众扪虱，身上刺痒忍住不挠，绷也不是，蹭也不是，其状古怪，耐性可嘉。

那时大家身上不但有虱子,还有虮子——虱卵,比小米粒还小,白白亮亮,密密麻麻,藏在内衣内裤的接缝处。我姐我妹她们女的头发长,更招虱虮。有一种叫作篦子的密齿竹梳,是刮除虮子的专用工具,一般百货店里都能买到。

说来也怪,这种革命的寄生虫,伴陪过串联学生、插队知青、乡下大叔、城里大哥,伴陪了很长时间,近年突然一下,或者分期分批,没了,失踪了。讲卫生的人身上捉不到虱子;不讲卫生、不爱洗澡换内衣的,身上也捉不到。我南方北方,熟人生人,问了好多人,都说见不到虱子了,篦子也见不到,虱子药也见不到,农药、催熟剂、增白粉、抗生素什么的,倒是常听人提起。大约革命虫跟不上形势发展,成了一个灭绝物种?或者,它们偷偷潜伏起来——它们会不会冬眠?它们在躲避风头,耐心等待下一次的串联?

王延安说不过我们哥俩,用手支着脑袋,转到被垛那边,跟别人瞎侃。不知他们说了什么,惹得王延安鸭子般嘎嘎大笑,笑完又像上次那样,喷儿的一声,往我们墙上吐了一口痰。

我哥侧卧在铺上看地图,腾的一下起来:你咋还吐?愿吐往你墙上吐!

我墙上挂衣服你看不着啊?吐一下怎么了,又没吐你身上。

你再吐一个?

吐一个怎么了?噗,又是一口。

王延安的唇齿尚未复原,我哥就扑了上去,兜着他的下颌就是一拳。我们沈阳小孩都知道这个动作,称其为"电炮",

公认"电炮"比耳光高一个级别，让接受者特别没面子，而且剧痛如炮击，麻辣如过电。

没等王延安反应，刘卫东已将他骑在胯下，扼住他的脖子，左右开弓，添了两个耳光。长这么大，我还是头一次见我哥打人，我热血喷涌，以往的懦弱和心虚消失殆尽。当哥哥的既然"打响了第一枪"，当弟弟的就该马上配合，绝不能袖手旁观。打人谁不会？打人和挨打还不就是一个打？

我盯住王延安那三个合肥同学，只要他们敢上，我立刻扑过去参战，我豁出去了。

合肥学生没有动，被我哥镇住了。

全屋的人都惊呆了，体态，肯定还有心态，瞬间定格。

在我哥大身板子的重压下，王延安憋紫了脸，憋黑了酒刺：你、你敢打人？双手乱抓乱搔。

打你怎么了，革命虫！我哥松开他的脖子，去按他的手。

你敢污蔑革命？王延安呼吸顺畅一些，骂了一句，你他妈什么出身？

你他妈什么出身？我哥回骂，瞧你这点出息，就知道问出身，你还会点别的不？

我家是贫农！王延安上来一股硬气，顺势一推，试图起来，身下褥子乱成一团，露出稻草垫子。见我哥没正面回答，他紧追不放，你到底什么出身？

我哥用膝盖抵住他，大喝一声：我家是新四军！你说我什么出身？唾沫星子喷王延安一脸。

我心头一跳，刘卫东此说太出人意料。但他并没撒谎，我爸抗战时当过随军记者，虽没拿枪杀鬼子，所在部队的确是新四军。我爸在新四军没待多久，那又怎样？待一天也是新四军。事后我哥说，他这是急中生智，逼的，他也没想到自己会冒出这一句。他甚至有些惭愧，觉得自己是在"扔大个"，有骆驼不说牛，好像小痞子打架，互相叫号，看谁的后台更硬。

王延安步步紧逼，我哥不可能说自己出身"黑帮"。

"革干"同样不能说，"革干"头上的那个"革"，早已变得可疑，容易让人顺蔓摸瓜，往"黑帮"身上联系。

不但"革干"，其他出身比如职员、店员、自由职业者、小商贩、小手工业者等等，都是些间接、暧昧的字眼儿，容易引起警惕者的探求欲望。

唯独雇农、贫农、下中农，才具有直接、确切、终极的革命意味。

有些父母没倒的军队和地方干部子弟，自称根红苗正，其实并没说到底。中国是农业社会，城里花样再多，根子都在乡下。我家也不例外。土改时，老家成分划的是中农，照王延安那个贫农，低了一大块。

"新四军"三字一出，王延安没电了，瘪茄子了。登记表上这出身，那出身，还没听说有人拿新四军当出身。这个被打倒，那个被打倒，新四军好像还没倒。革命京剧《沙家浜》连说带唱，表扬的也是新四军。此三字从刘卫东口中一出，在我脑海中，我爸这个老黑帮，仿佛从批斗现场突然登上舞台，戴

要学那泰山顶上一青松

我的串联生活

着高帽，挂着牌子，扯开哑嗓子，跟芦苇荡里的新四军一起哼唱：要学那，泰山顶上，一青松！

那一刻，我忘了愤怒，咧开嘴傻笑，笑着笑着，眼窝一热，似有液体涌出，我呼啦一下站起来，光脚窜到炉子旁，操起炉钩子，咣咣砸炉台，砸得火星四溅，煤灰飞扬。

我哥目光一扫，那里边既有惊奇，又有赞许，嘴上却骂，你他妈来什么劲，我一个人够用！

王延安双臂瘫软，不再扑腾，刚洗过的头发湿淋淋的，把被褥洇了一大片。他的同学缓过神，劝说，算了算了，都消消气。

我哥起身，从北墙扯下王延安的宝贝绿上衣，去，就用它，把你刚才尿的那个，给老子擦干净。

合肥同学忙说：好了好了，一个刘卫东，一个王延安，都是革命阵营的战友，有什么过不去的？边说边将一张报纸揉成团，去擦墙上痰迹。

我哥随手一撇，绿上衣蒙住王延安，只听里边闷声道，新四军就新四军，动什么手啊？

房门从外面推开，解放军排长李彦喜，和那天指挥老三生炉子的小孩进来，通知说，明天五点起床，毛主席接见。

嗷的一声，全屋欢呼起来，盼望已久的一天，说来真就来了。

大家的肾上腺素哗哗分泌，比今天中大彩的幸运儿还高兴。唯独王延安一人向隅，绷着脸。绷了一小会儿，不好意思再绷，面部肌肉渐渐松开,顺着一个话茬,跟旁人插了几句。

第二天,人们早早起床,不料得到新的通知,上级临时决定,我们这一片的串联学生,今天不参加接见。什么时候接见,另行通知,大家自行安排活动,但是不要去长安街和天安门,那边有重要安排。

什么意思啊这是?小将滚热的心忽悠一下,转为冰冷。说得好好的今天接见,突然改了不说,还不让往长安街那边去,那边有啥安排?来外宾?现在这个时候,来啥外宾?啥外宾能有接见重要?坏了坏了,一定是主席又上天安门了。红卫兵太多,顾不过来,把我们这边刷掉了。当初就不该来这个破学校,多偏僻啊,那天明明有车去东城区,偏不让我们上,我们也听话,不让上就不上,想想肠子都悔出花了。

越议论人们越沮丧,还没地方提意见。阳光斜射进来,我们那面西墙,被安徽人擦得深一块,浅一块,越发让人不爽。

王延安虎着脸,不理我们,我们也不理他,在分校吃过早饭,去本校找刘宁和刘维莎打探消息。

一见面,刘宁就告诉我们一个不太好的消息:中央可能有决定,今后不搞大串联了。

她跟李排长处得挺好,但也搞不清楚,为啥我们这么背运。

为了防止血缘关系外露,四人小组没在本校久留,出了校门,溜达到大野地里交换情况。小雪节气已过,天没下雪,却降了温,冷风嗖嗖,吹得枯叶和尘土在垄沟里乱飞,身上感觉特别冷。

说起昨晚的寝室大战，哥俩暖起来，你一句我一句，补充细节，评价战果。

刘宁说，打得好，这种外强中干、欺软怕硬的人，就得对他狠点，但以后别再打了，小不忍则乱大谋。刘宁当姐姐，责任重，考虑多，我妈嘴边那句话，此时也从她嘴里冒出来：千万别再出事，千万千万。

见我哥手背粗糙，几乎生皱，我姐掏出蛤蜊油，打开盖，剜了一点，要给我哥抹。我哥拒绝，说女的才抹。我姐抓住他的手，边抹边说，蛤蜊油不是雪花膏，没有香味。

抹完了，她也讲了一件事，好事：刘维莎得了一条蓝布新棉裤，是国库拨给串联学生的，分文不取，也不用交布票棉花票。

分校住的是男生，没份儿。本校住的女生，指标也不多。我姐她们住的那个教室，二十几个人才摊上一条。李排长让大家发言，谁的理由充分棉裤给谁。多数人都带足了衣服，发扬风格，表态不要，只有我姐和一个湖北女生争。我姐有私心，但她不是给自己，是给妹妹争。维莎进京，是临时获准，走得急，只穿了一条毛裤一条外裤，风一打就透。

那个竞争的湖北女生，据我姐形容，个子矮矮的，小鼻子小脸，我姐和维莎管她叫小武汉。小武汉抢先发言说：你们东北冰天雪地，冻惯了，不怕冷，用不着棉裤。

我姐的发言有高度：伟大领袖毛主席教导我们，凡事不能一概而论，要具体问题具体分析。东北比武汉高出十几个纬度，属于高寒地区,国家因此提供暖气设备。与此相反,南方冬季不用安暖气,屋里屋外一个温度,反倒经冻,锻炼出来了。说得满屋子人都笑。

李排长说:这样吧,谁年龄小就把棉裤发给谁,大家说好不好啊?大家都说好,李排长就把棉裤给了维莎。棉裤刚巧是大号的,维莎穿了正合适。小武汉不乐意了,人们劝导她,幸亏你没要这个大棉裤,不然套在身上,没了腰,没了胸脯,都快没到脖子了,知道的说你是女的,不知道的,还以为你是朝鲜老大爷。

分得棉裤,刘维莎一高兴,又将约定忘到脑后,张口就管我姐叫姐姐,而不是叫刘宁。没等我姐反应,马上意识到了,随即跟众人说,感谢大家,你们全是我姐。

李排长很满意,赞扬道:这个小同学讲得好,我们大家都是阶级兄弟、阶级姐妹。

当天过得很慢,天黑得很早,小将们心里没着没落,有点儿近乎绝望,难道我们就这样空手而归?回去怎么跟父老乡亲交代,就说我们看到毛主席的相片了?

说着说着,房门开了,李排长和小勇又来通知新消息:明天主席接见,对,就是明天。小勇,即是领导老三的那个小学生领袖。

鉴于第一天的大起大落,众小将担心耳朵听走了音,不敢振奋人心。这是真的吗?可别再来一次变动,让我们猫咬猪尿泡——空欢喜。

知道的说你是女妞

不知道的 还以为你是

朝鲜老大爷

我的串联生活

小勇可能是第一次听到这个歇后语,扑哧笑出声。

这话是哪个同学说的?李排长不笑也不恼,这么比喻,可不恰当。

这话是我说的。我就是嘴欠,好汉做事不敢当,只好躲在暗处不吭声。

王延安瞧出苗头:这话是……

我哥立刻阻击:是啥是,别打岔。

王延安翻了一下白眼。

李排长无意深究:都早点儿休息,睡前烫烫脚,明天要走很远的路。

临出门,跟小勇说:那什么,还等什么?都发给大家呀。

小勇就冲门外喊:老三,完了没有?

完了完了,老三应声道,跨进门,一手拿一只剪子,一手攥一大把细麻绳。

小勇接过麻绳,走吧,没你什么事了。

老三低着头,退出门。

等等,李排长板起脸,回家别乱说,明天早点来,听见没有?

听见了,老三低声答,灰旧的背影一闪,消失在黑暗中。

小勇将麻绳发给众人,每一根麻绳都有一尺多长,每人两根,多要不给,不要不行。

第二天一早,天蒙蒙亮,路灯还没灭,我们到本校集合,列队出发。

上了大街，往东，朝着昨天禁行的长安街方向行走。太阳露出头，迎面照来，刘卫东的嘴唇上说不准是胡子还是绒毛，细细的，金黄金黄的。

队伍由军人带领，走着走着，不往东了，左拐，往北走。

怎么，不上天安门了？我小声嘀咕。

管他上哪儿，跟上，别掉队。刘卫东心中也没谱。

我们这一队，横排五六个人，竖排看不见头尾，一个跟一个，吭嚓吭嚓地走。越走人越多，从各个街道汇入同一条路，一队跟一队，轰隆轰隆地走。

不知那时是硬件不足，还是不放心飞行员，哪一次接见好像都没有航拍。这种时候，如果派一架直升机，从空中往下看，场面一定恢宏得不得了。条条大路通罗马，说的是路，但罗马那个路不会动，北京的路会动，北京现在的这些路，满满当当，可沟可沿，都是"革命洪流"，洪流滚滚，路也跟着滚动起来。

长这么大，我还没走过这么远的路，走了两三个小时，还没走到，有点儿吃不消，书包带勒得肩膀生疼，脚上起了泡。想想刘维莎，估计也够呛，她跟着刘宁，走在女生队伍里。

坚持，刘卫东给我打气，坚持就是胜利。实在累，你就数数，从一数到七，再从一数到七，一直数。

他把我的书包摘下，背在自己肩上，另一个肩背他的，两个书包带在胸前交叉，显得挺有军人"范儿"。可惜了我哥，这辈子怕是没资格参军了，不然肯定是个好兵，行军打仗，抢着帮战友背枪，看他胳膊粗，可能让他背炊事班的大锅。

为啥从一数到七?我问。

你傻呀刘齐,咱家几口人?

七口。

那不得了,我练哑铃,练够数了,还想多练几个,就这么数,一个七,再来一个七,咱家人,落下哪个都不行。

怕我还不明白,压低声又说,有时你数到六,没劲了,你就想,还剩一个是谁,好比是我爸,正遭罪呢,你救不救?这么一想就有劲儿了。

我们这一队,有人把昨晚发的细麻绳缠到鞋上,一脚缠一个,从鞋底横上来,紧紧捆住。这是一种预防措施,避免发生拥挤,把鞋挤掉。更多的人没捆,说是到地方再捆不迟,说学校想得周到,上几次接见,每次完事都要收走一车一车的鞋。某人同学的衣服挤丢了,别人告诉他,去中山公园找找。去了一看,好家伙,遗失的杂物堆成一座小山,鞋袜、衣帽、钢笔、钱包、手表,应有尽有,杂七杂八混在一起,哪儿还翻得出自己的东西,只好在管理人员指点下,胡乱拿一件走人。那小子也规矩,丢一件衣服拿一件衣服,你拿两件又能怎样?你拿走点儿别的,又能怎样?

我和我哥那天穿的衣服,应该跟天安门留影时一样,两个粗粗拉拉的半大小子,能穿出什么花样。我姐我妹什么装束,没印象。我在海南岛写这篇稿,为了尽可能多地还原当年情境,特意微信她俩。刘宁退休多年,在加拿大照顾第三代,隔着太平洋说,那天她穿的是一件"深粉色带绒毛的外套,藏蓝色的裤子。没戴校徽,团徽也没戴"。

刘维莎在老家沈阳微信:"那天我穿的棉袄,袄罩是一件灯芯绒娃娃服,红黑格相间的花色,很漂亮。头上戴的红绒方头巾,下身是国库发的蓝棉裤,脚穿黑胶鞋。"

姐妹俩对服饰的回忆,让我惊叹不已,50年了,还记得这么清楚!

姐俩的说法,为四人小组的谨慎提供了新材料。刘维莎戴的是红头巾,没戴红领巾,怕的是暴露小学生身份。再说那一时期,红领巾在人们心中,已经不是"红旗的一角",更不是"烈士的鲜血染成"。"烈士"也要重新审查,保不齐里边藏着叛徒。

刘宁没戴校徽,四人小组已归属23中,她的20中学名头再亮,也不便授人以柄。还有团徽,昔日戴在胸前,众人高看一眼,拿你当好青年。现在不行了,党内坏人层出不穷,团内又能好到哪里?谁说团是党的助手,什么助手,干坏事的助手?现在最光彩的是红卫兵袖章,你不戴袖章戴团徽,说明你不够格。非常时期,旧的东西不好使了,新的东西创造出来,统治人们的观念和行为。

队伍走了很久,走到一个地方,命令就地坐下,通通坐下,吃自带的干粮。

前几次接见,听说伙食都不错,有发面包的,有发鸡蛋的,还有发香肠的。我们没这个福气,我们带的干粮和往日早餐一样,两个馒头外加水疙瘩。

可能前几次用力过猛,把国库里的好东西吃光了?一个人的嘴是一个小窟窿,几百万、几千万张嘴连在一起,那得多大一个窟窿?十个昆明湖怕也圈不住。整个地球都算上,哪个国家架得住这一通猛吃?当时人人吃得意气风发,没过多久,苦日子,更苦的日子,一个接一个找上门。出来混,迟早要还的。这是现在的说法。当时不说"混",说"革命",是革命就要付出代价,交"学费"。

为了方便携带,水疙瘩没切丝,每人一小块,齁咸齁咸。多年后一想起这一天,嘴里就泛出一股水疙瘩味。

吃完干粮,没有进一步的指示,我们仍然坐着不动。

早晨天还挺晴,这会儿是下午,云彩多起来,有点阴。

此地极为宽阔,来的人无边无沿,坐满地面,只留出长长一条空地。远远望去,无数个脑袋密匝匝的,毛茸茸的,像庄稼地,又像芦苇荡,那一条空地就在其间拐来拐去,神龙不见首尾。

过了一会儿,得到新的指示,我们哪儿也不去了,就在这儿,等待接见。

原来这个长条空地,是临时性的车道。

原来此次接见不用游行,我们不动,主席动,主席坐在车上,顺着临时车道,准确说是飞机跑道,检阅各路人马。

我们等待的地方,是西郊机场,1938年由日本人兴建。1949年共产党进北京,在这里,由毛泽东检阅刚进城的大部队。毛泽东穿着厚厚的带毛领子的军大衣,站在吉普车上,注视受阅部队，敬礼的那只手有点儿弯，没太伸直。这是当时照片上的样子。多年后把这一段拍成电影，请一个叫唐国强的演员演毛泽东，检阅到半道，突然钻出一个战士，站在跑道上，拦住吉普车，慷慨激昂说了一大段台词。演这个战士的演员叫刘烨，演完战士，又去演国民党军官。

为了言之有据，我用手机上的导航软件测量，该机场离什坊院地区有十多公里。到底十几公里，测不准，当年的路和现在的不一样，什坊院那个小学，在电子地图上也无从寻觅。

西郊机场是内部机场，专供军队和大领导使用。从我们接受检阅的那天算起，5年以后，到了1971年，跟林彪同归于尽的那架256号三叉戟专机，最先是从这里起飞，然后飞到山海关，然后一去不复返的。又过了5年，到了1976年，扣押"四人帮"那天，叶剑英元帅从玉泉山去中南海，途中，让他的警卫员特意关注，看看有什么异常现象的地方，也是西郊机场。

这些内部事尽管只是一些细枝末节，仍然要过很久，要到我们逐渐变老的时候，才能一点一滴地得知。当时我们一门心思，只盼着毛主席早点到来。除此之外，上至天文，下至地理，概不关心。我们不知道世界其他地方，人民的真实生活，他们吃的是什么，住的是什么，想的又是什么。我们不知道，我们的未来，还要经历哪些动荡，品尝哪些辛酸，体味哪些甘甜。

我们比较渴，太渴了，学校没给带水，甚至早饭也没提供菜汤和稀粥，不是有关方面抠门，是为大家的膀胱着想，担心上厕所不方便。

虽是机场,印象中没看到一架飞机,看到的全是人。

红旗也不多,没法多,无数红卫兵长途跋涉,不可能人人都扛一面旗,累不说,关键是没那么多旗。因此到了地方,"红旗像大海洋"的场面就难以形成,形成了也不合适,挡眼睛,看不着主席。

好在人们早有准备,手臂一挥,造出另一种"海洋",通红通红,也是红海洋。

该"海洋"的色彩构成,来源于一种60开本的小册子。

这种小册子当时中国印了十几亿本,没有一本不是红色封面,封底和书脊也是红色,拿在手中,左摇右摇,上摆下摆,都是红红一片。外国人称其为"小红书",中性说法。我们尊重有加,称其为"红宝书",全国人手一册,至少一册,出门都带着。只有一个人不用带,别人一见他,都向他摇"红宝书"。

这人叫毛主席,小红书叫《毛主席语录》。

当天,西郊机场来了不少军人,扎着皮带,背着水壶,肩并肩,腿盘腿,双手扶膝,端坐在第一排。大家为之一振,心里明白,这是来维持秩序的,威风凛凛、最高级别的维持。

被部队挡在身后的,不但有青少年,还有中年人。不但有教师和学生模样的,还有干部和工人模样的,乃至看不出职业模样的。如果仍管这些人叫小将,就属于脑子缺氧,看不出大串联的诱惑性、传染性、广泛性,以及各行各业的热情。说起来,没有哪个领域愿意小将一枝独秀,小将一动,百动千动,方方面面都动起来了。近年有一天,我在一家瓷器摊上,见过一个大瓷盘子，上面印着毛泽东和林彪某次接见的彩色画像，其说明文字很讲究，瓷器厂编不出来，一定抄的当时报道。该报道没像前几次那样，只说接见红卫兵小将，而是说接见"文化革命大军"。

这个大军中，有多少人属于百分之九十五以上好的和比较好的？又混杂了多少不到百分之五的其他人？说不好。但我敢说，这个"文革"大军中，有相当一部分人，日后会加入中国的旅游大军、流动大军，他们凭借大串联的老底子，大声大嚷，大模大样，细声细气，轻手轻脚，走到天边都不怵。走完了中国，再走世界，也看红场，也看人妖，还看自由女神和柏林墙，看打工地点和投资项目，花的是自己的钱，赚了也归自己，公款行事的除外。

大军中的人，此时都在集体发声，背语录，唱歌，唱各种颂歌。多年后，这些歌被一些人称为"红歌"，还要时常唱起，一直唱到今天的歌厅、饭馆和大妈舞广场，唱得垂垂老矣的当年小将泪水涟涟、舞步缓缓。

李排长站在队伍前面，用男低音起歌，然后打着拍子，指挥什坊院这一拨人齐唱。"文革"前，我们班一个男生打拍子，两手白嫩，软了吧唧。李排长则是攥起两只拳头，在胸前交叉分合，挥来舞去，动作坚硬，怪怪的。大家轰的笑出声，李排长不笑，看不出表情，继续挥舞拳头。每曲终了，便用河南口音拉歌，本校同学来一个，大家呱唧呱唧，分校同学来一个，分校同学唱得好不好？再来一个要不要？

有大串联这个
老底子，走到天边
都不怵

我的串联生活

那天，我们等待的时间极其漫长，颂歌唱了一曲又一曲，嗓子都唱哑了，主席还没到。有一次，远远见到两个车，有人高叫：来了来了！大家呼啦啦站起来，马上又噼里啪啦坐下。这一片刚坐下，那一片又站起来，人山人海起伏波动，连绵不已。今天的球迷，动不动就在看台上折腾，说是效仿1986年世界杯的"墨西哥人浪"。有什么呀？我们这个"西郊机场人浪"，比老墨的早了20年！

来的不是主席，是巡查或联络的工作车辆。

再唱歌，再等待。

现在有一种说法，认为每个人来到世上，都拥有一个属于自己的"气场"。有人不同意此说，认为是一种迷信。我不怕迷信，我早都迷信过了。我觉得"气场"这个说法不错，挺能描述当天情形。当天，西郊机场大约聚集了上百万人，上百万个"气场"汇在一起，应是一个巨无霸形的超级大"气场"，众人齐心咳嗽一声，都会有山呼海啸的动静。

可是人再多，"气场"再大，也没有毛泽东一个人的"气场"大。别说一百万人的"气场"，全国几亿人的"气场"大不大？那也大不过主席一个人的。主席来到哪里，他的"气场"就罩到哪里。现在，就要罩到西郊机场了，人还未到，"气场"已经弥漫过来。

这真是一个亘古未有的奇观，西方国家能造飞船和智能机器人，却无法造出这个气势。

人们翘首以待，焦急，激昂。突然又起了骚动，许多人站起来，这次不是张望领袖，而是往四周挤，有人还捂住鼻子，好像在躲避什么。四周全是人，怎么躲得开？

坐下！坐下！解放军大声喊，不管用，人们不肯坐，还挤。

原来，有个红卫兵憋不住尿，此时上厕所已被禁止，任何人不准离开现场，那红卫兵实在忍不住，只好原地解决。浊水一滋，人们乱了套，谁也不愿坐在那里。毛主席随时都会到来，情况万分紧急，这时只见李彦喜排长二话不说，一屁股坐在尿泡里，一动不动，腰板拔得溜直。

众人肃然了，榜样就在这儿摆着，裤子都湿了，咱还有啥可嫌乎的，互相跟着，大家纷纷坐下。

下午4点多钟，远处闷雷般传来呼喊声，几辆摩托车开道，突突突进入视野，主席来了，这回真的来了。

摩托之后，是由北京212小吉普组成的车队，一律敞篷，一律放倒挡风玻璃。前些年，中国路面常见的，不是美国的威利斯吉普，就是苏联的嘎斯69吉普。威利斯是缴获的，嘎斯69是进口的，而这个黄褐色的北京212，却是自产的，首先为毛泽东检阅所用，检阅前不久，刚刚通过质量鉴定。

可能是逆光，可能是距离太远，人缝中影影绰绰，我只看到一个主席模样的轮廓，站在第一辆车上，未及细看，前几排的人呼啦一下全站起来，挡住了视线。等我挣扎着站起身，踮脚往前探头，第一辆车已经不见了，后面的吉普从眼前掠过，车速很快，人们都来不及喊毛主席万岁。

有一辆吉普，上面站着一个人，倒是让我看得真真楚楚，这人不是别人,正是威望和地位日益下降的刘少奇主席。

纷乱中瞥见王延安,他也刚从人堆儿里站起身,涨红了脸,懊恼地大叫:这扯不扯,毛主席没看到,看到了刘少奇!

人如洪水决堤,把我挤到他身边,王延安一愣:你看到主席了?

被我哥揍了以后,他这是第一次跟我说话,又是这么个场合。

我说:主席没看清,看清的也是刘少奇,以前就看过。

以前?以前怎么看?王延安纳闷。

我说有一次,缅甸将军奈温访问沈阳,刘少奇陪着,我们夹道欢迎。咳!已经见过一次,现在又见一次。

我和王延安一口一个刘少奇,言语间透着不敬,与其说我们对国家主席变脸太快,年纪轻轻就成了势利眼,不如说我们有觉悟,紧跟毛主席的伟大战略部署。刘主席在中央,过去排名第二,现在排名第八,种种迹象表明,他还得往后排。

那时,大人小孩都知道,刘少奇快不行了,只是料不到,他会不行到何等地步。

那一天,是1966年11月26日,加上前一天11月25日,毛泽东连续两天接见"文革"大军,两天并为一次,史称"第八次接见",也是毛泽东最后一次接见。

此次接见,毛刘二人所乘车辆隔得很远,车又开得飞快,估计彼此一句话都没说。

史料记载,此次接见不久的一天深夜,毛主席召刘主席去人民大会堂,两人见了最后一面。刘提出辞职,国家主席不当了，中央常委不当了，还有一个毛著编辑委员会主任，也不当了，一家老小去延安或者湖南种地。延安是刘全力推崇毛，并获毛提拔的地方，湖南是二人共同的家乡，不知他选这两个地方种地，是出于何种考虑。

毛不动声色，只是劝刘读书，并给出书名，是几本不太出名的外国书。刘回到住所，跟家人宽慰地说，主席的态度很好。谁知没过几天，他即失去自由，被人斗来斗去，最终瘐死囚地。那一段，街上有许多大字块，故意把刘少奇的"奇"字写歪写乱，看上去就是一个"狗"字。请刘主席的亲友原谅我，重提这段不堪往事。我无一丝恶意，只是想说，"刘少狗"这种反人类、反文明的侮辱性叫法一经传开，全国的"狗崽子"不但在逻辑上、从属关系上，就是在字面上，也跟刘主席联到了一起。

在西郊机场，我想看毛主席，却没看清，不想看刘主席，却看得一清二楚，当时觉得泄气，现在想来，这大概是上天对我的一种暗示，一种安排，是我的宿命之所在。

此是后话不提。当时我在现场，全副精力归于一处，通通放在保持身体平衡方面，防止跌倒，被人踩踏。近读一个警卫人员的回忆文章，说那日散场，机场附近有一座罗锅桥，轰然挤塌，当场踩死了几个人，还有十几人被踩伤。人们"还未等主席换车，就撤了，把机场大门堵得水泄不通，主席的车无法回中南海，只好返回走人行道，从机场东北侧的一个小门改去玉泉山"。从前老人家总抱怨不让他接近群众，这以后，"毛主席再也不提不让他见群众的事了"。

想想那一年，毛泽东73岁，刘少奇68岁，两位老人顶着暑热或寒风，一站就是几个小时，眼里所见，黑压压一片又一片，都是不认识的人，一次两次新鲜，咣咣咣一连八次，真是相当不容易。毛主席还好些，毕竟人们想见的是他，认识不认识，欢呼的都是"时代最强音"，众爱所归，就算再累，内心总会生出力量。刘主席就不然，大家越是欢呼毛，响应毛的号召，他就离危险越近。以他的经验和洞察力，应能感到，有一支锋利无比的革命矛头，正在紧逼过来。

我们被接见的人也不容易，遥远的路途，漫长的等待，费了八九个小时，毛的身影从出现到消失，不过几秒十几秒，无数人挤倒在地，一秒都没看着。

那又怎样？你无法让吉普车慢点儿再慢点儿，无法让别人坐着不动，就你一人站起来，使劲看，看个够。谁也不怨，只能怨自己运气不佳，再不佳你也是在现场，你就说你看到了，别人还会考你：主席长得啥样？他的照片随处可见，面部细节尽人皆知。当然，看照片和看真人终究不是一回事，大家费尽周折汇到一起，就是想看真人。前几次，有人跟主席握了手，完事就不洗手，逮谁跟谁握。我们这次握不着手，有人把手洗了，脸却不洗，说是脸被主席看到了，要原样带回家，让亲友摸一摸。

几十年后得知，当天，西郊机场有个长春女孩，跟我一样，也只看了个模糊影子。来京后，她感冒发烧，被送进北京医院。

头天晚上，热心肠同学特意把她接回和平里小学住地，次日随着大队人马，强挺着去的西郊机场。她没看清真人，留在医院，认为医疗更要紧的其他病号，反倒看清了。这些病号享受了特殊待遇，被专车拉到天安门，上了观礼台，望眼无碍，目睹毛泽东乘车通过。车队经过长安街，走了很远，才来到西郊机场。正是：有福之人不用忙，无福之人跑断肠。这个不走运的长春女孩，后来成了我媳妇。结婚多年，我压根儿不知，我们夫妻二人，曾经共处过同一个奇异时空。若不是见我写这个稿，不知还要等多久，她才会提及此事。都说无巧不成书，我这是写书才成巧。

那日散场，刘宁、刘卫东和刘维莎被挤得东一个西一个，无法跟我会合。倒是王延安鬼使神差，跟我挨得很近。挤得最凶的时候，我险些跌倒，慌乱中，逮着一个胳膊就拉，那胳膊也拉住我，双方勉强挺起身，一见着脸，两人的手同时松开。大冬天的，王延安满头是汗，红袖章脱落到手腕上，手窝在里边，一抖，袖章掉了，另一只手去接，没接住，眼瞅着掉进腿脚的丛林，踩踏无形。他想笑一下，没等笑完整，整个身子都被人潮淹没了。

回程的十几公里，黑灯瞎火，两腿都不知怎么挪的步，挪到什坊院，一头扎到铺位上，衣服都懒得脱，呼呼大睡。

第二天，李排长召集开会，宣布中央决定，从现在起，到明年春暖季节，一律暂停来北京和到各地进行串联。见大家交头接耳，李排长特意强调，中央的意思，不是"停止"，是

"暂停",休整一段,天暖和了,串联还会进行下去。

接下来的日子里,人们填写表格,办理车船票手续,陆续返回各自家乡,什坊院小学渐渐清闲起来。

我们是最后一拨离开,我们一走,临时住处的地铺全部腾空,不再有人住宿。

离京跟进京一样,也是晚上。

我和我哥在分校等车,王延安他们四个安徽人也在分校等车,他们站在校门口,我们待在屋里。我哥给我爸买了两盒带锡纸的香烟,钱是管我姐要的,临来北京,我妈给了一些钱,由我姐掌控。我姐给我妈买了一盒果脯,那时我妈还没得糖尿病。

炉子已经熄火,屋里有点儿凉。那个"问题不大"的中年人老三,不声不响进了教室,把各色被褥叠好,整整齐齐,摞成几摞,每一摞都用绳子扎紧,没像部队捆背包那样,捆成三横两竖,被摞太大,捆的是十字花。

兄弟二人坐在草垫子上,看老三干活。草垫子散发着干草、灰尘和六六粉的混合气味。

捆好被褥,老三又去清理炉子,把炉膛里残存的炉灰掏光,搂到撮箕里。

我哥站起来,想帮他一把,归拢散在地上的蜂窝煤。

老三小声说:我来,别占手了。

老三穿一件灰淘淘的旧棉袄,低着头,眼睛不和我们对光。头发像我爸一样,有些花白,却比我爸的规整。我爸见报之后,被小将剃了阴阳头，又叫"牛鬼蛇神头"，一推子下去，中间就出了一道沟，左一推子，右一推子，头型就没了型。给我爸剃头的小将属于不爱动脑，随大流的那种，但凡有点儿创意，两边给我爸剃光，中间留一道棱，中国就能提前好多年，出现悲壮的莫西干发型。我爸剃了阴阳头回家，样子骇怪，简直变了一个人，我妈和我姐呜呜哭起来。我爸笑着转过头，让家人看看这一侧，再转过去，展示另一侧，安慰说，这样挺好，凉快！

昏黄的灯光下，老三坚持着，不让我哥动手，独自把蜂窝煤摆好，把残渣拣净。又拿笤帚扫地，扫得很慢，但是用力，笤帚头斜抹着地面，不让灰尘乱飞。

我哥杵在一旁，盯着老三，突然叫了声：老师！

老三有些意外，停下笤帚。

我哥憨声说，歇一会吧。

老三低声说，不累。

麻烦你了，这些天。

应该的，应该的。

这时我也站起来，跟老三说：老师，谢谢你。

按道理，我应该称老三为您，但当年的我，和许多沈阳人一样，不习惯说您。我哥更是如此，他认为这么说，有点"装"。

谢谢你，谢谢两位同学，老三抬起头，两只小眼睛闪着光，你俩仔细看看，别落下什么。

送站的汽车从本校开来，是专为串联学生调用的外地大巴，车身印着芜湖公交字样。刘宁和刘维莎坐在第一排，李排长和一个战士坐在第二排。他俩负责送我们上站。每走一拨学生,他们都负责送到车站。

我和我哥上了车,不跟刘宁、刘维莎打招呼,径直往车尾走。我哥扛着旅行袋,说这个车,咋这么矮?王延安跟在后面,搭话说,这是他们安徽的车,可以了,某某省的车还不如这个。

车子启动时,我往外看,我们住过的那一趟平房,所有的房间漆黑一片,都被老三关了灯,门窗紧闭,一排排玻璃反射着车影,歪歪斜斜,支离破碎。

院子里,只有电杆上点着一盏灯,照着空荡荡的地面。

没看到老三,不知躲到哪里去了。他可能认为,自己不太适合站在亮处,给革命小将送行。

车开到公主坟,拐上我们走过多次、已经有些熟识的大街。黑夜中,大巴驶过地铁工地的长沟,驶过军博和"木须肉"、西单和电报大楼、中南海和中山公园,又来到天安门广场。车中人平静如常,已经没有当初的冲动。灯杆上的音箱悄无声息,没有播放音乐。

车到东单时,王延安在后座捅了我一下:哎我说,沈阳小伙儿,你和刘卫东,你们不是同学,是哥俩,对吧?

我不吭声,假装没听见。

王延安又说:前边,本校那两个女生,也不是同学,是姐俩,对吧?

我继续沉默。

王延安并不需要我的认证,接着说:你们四个人,本是亲兄妹，别人不知道，我早就看出来了。

行啊，合肥小伙儿，我哥回过头，不置可否地说，你这么喜欢收集情报，不干特工白瞎了。

啥特工？王延安说，侦察兵。

汽车拐弯，夜雾中出现一座双塔楼宇，亮得晃眼，楼宇正中有三个毛体大字"北京站"。

李排长带着我们东北学生，去一个检票口，那个战士带着南方学生，去另一个检票口。

要分手了，王延安看看我们，我们也看看他。

王延安穿的还是那件民用布做的绿上衣，袖管上失去了红卫兵标志，反倒显得清爽、家常。这可能是他最好的衣服，如同我和我哥的球鞋，备受主人珍爱。

他的鞋不行，已经开胶了。

王延安笑一下，说：欢迎你们哥俩，明年来合肥串联。

刘卫东说：也欢迎你们哥四个，到沈阳串联，知道你去过沈阳，你没去对地方，再来带你去东陵。

返程比来时好多了，返程发了票，对号入座。但小将们挤惯了，落下病根了，一见火车就往上冲，都想先上，不信任车票，担心座位被人占住不还。

我哥和我先上的车。我姐和维莎挤不上，李排长蹲下身，让她俩骑着自己的脖子，从车窗送上来。

四人小组的脑袋并在一起，不断跟窗下说：回去吧，李排长。

李排长仰着脸,露出白牙,笑呵呵的,站着不动。

我生出几分愧意,觉得对不起这位河南口音的军人,心想如果他知道了底细,还会对我们这么好吗?会不会像训老三那样,横眉冷对?

李排长,你就待在北京,哪儿也别去,刘维莎说,明年串联,我们还让你管。

好啊好啊,李排长说,把胳臂拿进去,都给我拿进去,注意安全。

铃响了,火车咣当一声,动了,李排长跟着车跑,边跑边挥手,我姐和维莎就流下眼泪。我姐的眼镜湿了,找不着眼镜布,用衣襟擦拭镜片上的泪水,两只眼睛露出来,有些发红。

我哥靠在椅背上,伸直大长腿,两眼紧闭,吹口哨,吹的是"文革"前的老电影《草原晨曲》:再见吧绿色的草原,再见吧美丽的家乡,啊哈呵嘿,为了远大的理想,我们像燕子似的飞向远方。那一段,他总爱吹这个曲儿,吹得不怎么好,嘶嘶的,像什坊院里的白铁壶,水开了。

回到沈阳,我妈长出一口气,挨个端详我们。

我爸偶尔也能回家,革命同志斗他斗得发腻,让他每天扫厕所、跟锅炉班运煤,运的是煤块,沈阳没有北京那种蜂窝煤。剃完阴阳头,我爸不敢去理发馆修整,人家也不接这种活,我妈就用剪子给他弄弄。现在头发长出新茬,不那么难看了。

我爸没怎么打听串联的事,只是淡淡地说,北京的驴打滚好吃,好像我们去北京的目的,是去吃这种地方小点心。事实上，我们不但没吃过驴打滚，见都没见过，见过的是人打滚，在地铁工地旁边。

另外，我爸还说了一点，主要是针对我哥：无论什么时候，都不该造假。

从前，我爸说的，我哥都信。现在不同了，中国变化多大呀，许多事都反过来了。昨天对的，今天不一定对，昨天错的，今天没准是正确的。

我爸哪里掌握这些情况，他天天就知道抡铁锹，抬头纹里，脖领子里，都是煤灰。

我哥可怜我爸，不忍心跟他争论，便说，知道了，以后注意。

日子接着过下去，外面纷扰，家里灰暗。

但我们有盼头，从踏进家门那一刻，就开始期盼"明年春暖季节"的早日到来。"春暖季节"是文件用语，民间不这么说，民间的说法是"春暖花开"。

刘卫东不声不响，全力筹备新的串联活动。

此前那张23中的介绍信，边角有些磨损，信上加盖了两个长方形红印，一个印里标注"4人乘车证已领"，另一个印里标注"4人返程火车票已领"。介绍信有效期一栏的空白处，更被老谋深算的接待方填上"至1966年11月30日"字样，等于将其作废。但我哥仍存在手边，视同一个老友。

下次串联的备品中，有一张纸，是一本书的扉页，全页空白，仅右下角盖着昆明一个学校图书馆的圆戳，从中可见我哥的雄心和愚蠢，他大概认为，这种东西也可成为一份证明。这张纸不知从何而来,被他板板正正夹入一本早年间的地图册,其中,每一省的重要城市和风景名胜,都被画圈标记,云南那两页标得最多。

翌年三月,沈阳的草还没绿,桃花还没打骨朵,中央就来了文件。

跟我们盼望的恰恰相反,来的文件是:《关于停止全国大串联的通知》。

半个世纪过去,我哥的串联备品早已不知去向,留下来的,是他那册60开本的小红书。前头有一页,为半透明薄纸,宛如一层纱幔,揭开来,是棕色的毛泽东相片,下面用圆珠笔一笔一画,不连笔,写着几行小字:

1966年11月26日,
我见到了伟大领袖毛主席,
这是我的最大幸福。
刘卫东

我哥16岁写的这些字,带着这个"最大幸福",他在人世间还能活5年零6天。他的结局是另一个故事,本文不说,只说他的这本小红书,在他过世后,一直由我爸保存。我爸晚年最思念的,就是他的大儿子刘阿音,看一遍本子上的字迹,掉一遍眼泪。怕他太过伤感,我将语录本藏了起来。阿音哥使用的圆珠笔,就是当初填写空白介绍信的那一支,油墨品质不高,字迹洇得模模糊糊,有些辨认不清了。

           2016年4月26日
           一稿

           2017年3月23日
           二稿

我的
电影生活

说到喜爱的电影,我能举出不少,美国的《闻香识女人》、《辛德勒的名单》、《拯救大兵瑞恩》,意大利的《天堂电影院》,法国、德国和波兰的《钢琴家》,这些都是全球有名的彩色大片。还有三部中国黑白老片,国际上默默无闻,画面是过时的四分之三比例,却是我此生观看遍数最多的片子。

半个世纪以前,中国的电影大多被禁,只有寥寥几部得以幸免,《平原游击队》、《南征北战》和《铁道卫士》就在其中。它们讲的是抗日战争、国共内战和抗美援朝三个时期的故事，主题正确，剧情单纯，看片名即可知其大概。影院无新片可演，又不能闲着，只好反复放映它们。我们这些辍学（官称"停课闹革命"）小孩无事可做，也就一天又一天，一遍又一遍地观看。为了混进影院，或在上场演完下场尚未放人之际赖着不走，无票之人挖空心思，使出种种小儿无赖手段。就算被影院发现逐出，也自认不丢脸，革命人不看革命电影，怎么受教育？

非常时期，看电影当然强调受教育。话是这么说，一旦跟银幕对上光，兴趣就成了主宰。只是我们喜欢的，不一定是上面希望我们喜欢的。作为愚蠢少年，我们不太上道，往往只对细枝末节感兴趣，断章取义，各取所需，买椟还珠，不知道心疼"珠子"。

我主要关心某些情节和次要人物的对话，过目不忘，入耳生根。按上帝规划，我的记忆力正处于强盛阶段。《平原游击队》里那个笑嘻嘻的游击队员老侯，是我重点关注对象。游击队在县城捉了汉奸，队长李向阳说："老侯，开导开导他们。"身穿对襟大布衫子、长相诙谐的老侯，就用驳壳枪一拨汉奸的手："站好站好，我给你们上堂政治课（演到这里我常感叹，不光好人上政治课，坏人也得上）。国际形势是这样的（心说一个小县城，一个土汉奸，你也配听'国际形势'），伟大的苏联红军（可惜现在变修了，也可能像鬼子那样侵略中国），已经开始大反攻了，希特拉（老侯不会说希特勒，发音不准，游击队到底不是正规军）就要垮台啊。"汉奸赶忙点头如捣蒜:"要垮台、要垮台。"老侯:"国内形势呢,我们八路军就要反攻,日本鬼子是兔子尾巴长不了啦。"汉奸又"捣蒜":"长不了,长不了。"老侯:"那你们还咋呼什么,还不改邪归正啊?"训话至此,影院里总是笑声一片,小孩子笑得尤甚。

老秦爷说话又是一路风格。他给游击队送吃的,李向阳跟他客气:"老乡这么困难……"老秦爷不"客气":"你八岁那年爬上枣树偷吃你老秦爷的枣,吃得你肚子疼,可现在倒装起假来了。"这种餐饮方面的"装假",是苦难中国一种常见的善意欺瞒(富国人民衣食无忧,不爱这么做),一旦遇到更加善意的揭露,其结果则是皆大欢喜。

面对恶人,老秦爷会换上另一种口气。汉奸骂他:"你是人不是人?"老秦爷说:"那谁知道,我把祖宗三代都忘了。"汉奸脸上挂不住,怒骂:"你这个老杂种!"老秦爷更怒:"你这个狗杂种,老天爷白给你披一张人皮了!"汉奸:"我崩了你!"老爷子亮出胸膛:"来吧小子,这儿打,你打死我这六十多岁的人,你看你有多能耐!"鬼子中队长松井见状竖起大拇指:"老头,你是中国人的这个。"见老秦爷没给好脸色,就问:"皇军不好吗?"老秦爷笑说:"皇军好啊,皇军给中国人造福气来了,不杀人,不放火,不抢粮食,你看这多好啊!"这种跟坏人正话反说的讽刺方式,令我们大为赞赏,出了影院举一反三,不分青红皂白,逮谁泡谁,险些成瘾。

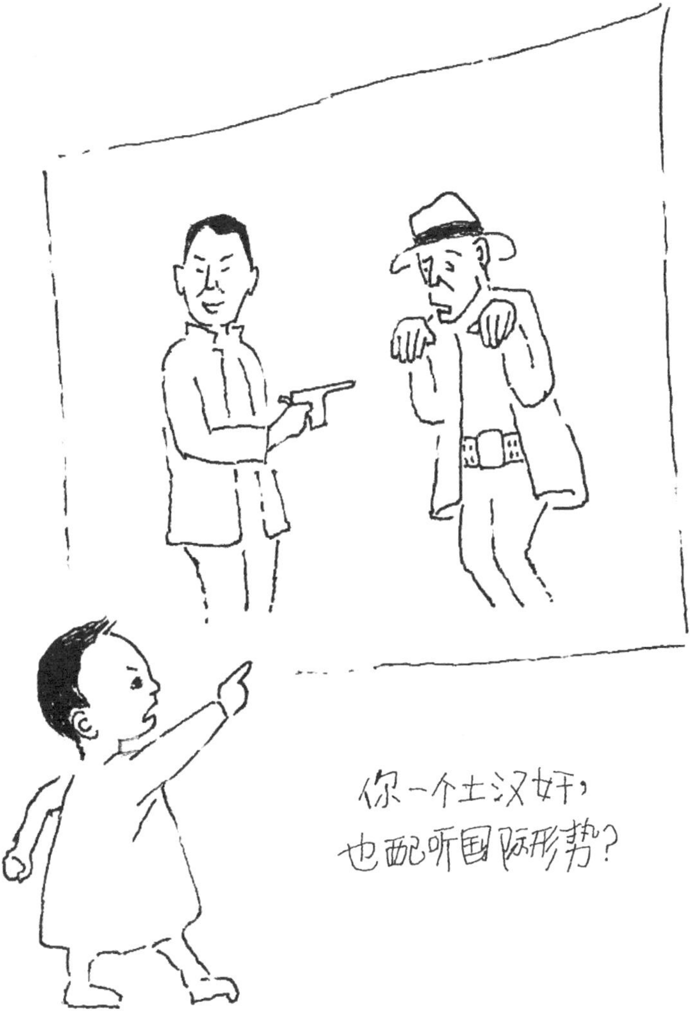
你一个土汉奸，
也配听国际形势？

《铁道卫士》有段对话也有意思。治保主任赵师傅,就是《英雄儿女》里演王成他爸的那个老头,装成旅客,坐在特务马小飞身旁,指着报纸上的新闻对马说:"反革命分子消灭一个少一个。"马特务:"要不天下就大乱了。"赵师傅:"乱是乱不了,麻烦。"各弹各曲,机锋彰显。

好人说话好玩,坏人说话也好玩。《南征北战》里,国军中将张军长沮丧地说:"我们这一着棋输得太冤枉,美国顾问团又要说我们无能。"这时他的少将参谋长说了句全国小孩耳熟能详、不断模仿的妙语:"不是我们无能,是共军太狡猾了。"此话技术含量和风趣指数甚高,见过会说话的,没见过这么会说话的,敌我双方,银幕内外,方方面面听了都舒服。

相比之下,好人里边那个戴翻毛帽子的师政委,说起话来虽然字正腔圆,尾音还有点磁性,就因为总讲大道理,跟两三个战士聊天也像做大报告似的,有点儿"装",我们就比较烦。但只要看这部片子,一定躲不开他,如同本单位的领导,你虽不喜欢,也得忍着。有时一来劲,就像老师念差生作文那样,用一种刻意贬低的口吻学他说话,"你们笑什么?""没想到可不行","我们还要打到南京呢"。奇怪的是,他的搭档,那位由陈戈先生扮演的解放军师长,尽管也没少讲道理,有一次还跳上坦克大讲特讲,感觉上却比听政委讲话自然。师长的神态放松而亲切,那一口"川普",亦即四川椒盐普通话,也给他帮忙不少。我爸在机关工作,有实际体验,曾多次夸陈先生,像一个老干部。

四周文网森严，我们嗷嗷待哺。在无法阅读老舍、林语堂、马克·吐温、契诃夫、左琴科、毛姆的特殊年代，老侯、老秦爷、赵师傅、参谋长，以及其他说话有趣的电影人物，都被我们视为难得的幽默老师。那时不懂编剧和导演的作用，他们在幕后默默施恩于我们。

电影散场，兴犹未尽，还要跟同伴回忆鬼子进村的场景和音乐。夜幕下，松井中队长骑着大洋马（此前李向阳骑的是蒙古马，比较瘦小），带领中日坏人行进在农村土路上，大小铜管木管乐器随之合奏，馊——辣馊发迷、发迷，发——迷兜稀拉、稀拉。我觉得，这应是国人所创最经典的鬼子进村旋律。我们，我是说，我们这些一、二、三、四、五、六零后年龄段的人们，大家都知道，什么最是鬼子进村的动静，这个就是。1990年夏，我开车翻越美国阿巴拉契亚山脉。夜里雾大，投宿一家小客栈，拧开电视，找到电影频道，没看几分钟睡着了。一阵怪异音乐将我惊醒，不是别的，正是鬼子进村，心想全球一体化果然了得，老美也演上了《平原游击队》。醒醒神一看，哪里是抗日片，是抗美片，抗美援朝片。老美不这么叫，老美叫韩战片。荧屏上，一群东方面孔的军人，獐头鼠目，缩脖端腔，搜索前进。这伙人穿的棉衣棉裤，像沈阳商店冬天的厚门帘子，都轧成一条一条的，这不是咱中国人民志愿军吗？哎呀妈呀，整个反过来了。没等我细想，音乐变了，雄壮，有力，深情，估计是四分之二拍子，原来美军开过来了，朝鲜人民这个高兴啊，排着大队欢迎。美国兵边接鲜花，边给小孩发

我的电影生活

糖，还让他们骑在自己的大脖梗子上，满眼是军民相爱的场面。我一激灵，睡意全无，难辨今夕何夕，此地何地。

吃喝，也是我重点关注的对象，忘了什么也忘不了影片中的吃喝。物质匮乏，少年成长，口腹之欲难以克制，容易让人把志向立歪，怎么坏人总是吃得那么好，吃了上顿有下顿。马小飞跟老特务把酒言欢，桌上那道主菜起先大家没看清，由此产生争论。林彪说，要带着问题学毛著，我们是带着问题看片，看了几次终于确认，那是一只整鸡，但不知是烧鸡还是炖鸡，黑白片看不出颜色。张军长他们更是奢侈，炮火连天都有酒喝，有罐头吃，而且不用本民族的筷子，用帝国主义的刀叉。鲁南决战，蒋委员长电谕：只准成功，不准失败！开那么严肃一个军事会议，桌上竟然摆了一盘又一盘滚圆肥硕的水果，仿佛今天的某些表彰会、慰问会。可恨张军长身在福中不知福，看都不看水果一眼，只顾发言："在决定党国命运时，有人不顾大局，有意保存实力，这种常识，在军事史上也许是没有的。"李军长一定也吃腻了水果，空着嘴反唇相讥："我们以往的失败，就在于轻敌。"

反观我方人员开会，只能用大瓷缸子喝水，顶多用烟袋锅子抽几口"老旱"，革命的确不易，方方面面考验意志。百姓口攒肚挪，省出几斤白面，烙了大饼，用手巾包着送给游击队。饼的表层星星点点，分布着一些小黑烙印，一看就知没放油，小火细柴，生生烙熟的。贫苦人家，战争岁月，哪里有油？但这已经足够让我羡慕。我的家乡沈阳不比李向阳他们的为什么坏人总吃好的?

华北平原，我家这边只产高粱苞米不产小麦，有关饼的概念通常只用在苞米面上，但那不叫烙饼叫大饼子。即便如此也不"管够"，所以一见根据地小闺女捧出一摞烙饼，恨不得马上跳进银幕，参加队伍。小县城里，跟李向阳接头的饭馆伙计那一声吆喝，更是令我神往。该伙计低声透露情报完毕，拖长声调，给李队长点菜："半斤白干一盘花生米四两酱牛肉外带胡椒面儿——"简直让我高兴得没法儿，长长出了一口气，找回不少平衡。呵呵，好人也准许吃好的，也有好的吃。

早期电影比较朴素、本真，故事发生年代尚不遥远，一应服装道具、街景建筑取之现成，接近原生态。日本卡车、美国吉普、城门楼子、市井老屋尚未废弃或拆除，要啥有啥，犯不上伪造。不像现在一些影视，古楼不古，闹市不闹，三五人物于空旷街区走来走去，一辆圆咕隆冬的黑轿车开进开出，好人坐了坏人坐，各剧组总不让它得闲。这还算对历史有礼貌。一些导演混不吝，小巨手一挥，鬼子就坐上解放牌卡车，国军就驾驶了北京牌吉普。其实该吉普1966年才问世，首先搭乘的是毛主席，在长安街头缓缓行进。老片子少有此类穿帮镜头。《平原游击队》里，葛存壮先生演的汉奸，别的不说，单那一身滑爽的老式黑胶绸行头，就让我们相信，汉奸穿的就是这种服装。该片1955年拍摄，葛先生一头黑发，还是二十多岁的小伙子，公子葛优两年以后才出生。

电影的朴素本真，还得益于早期的某种宽疏，筛选不严，或者顾不过来，漏掉了一些后来很难过关的细节。比如特务，

导演小巨手一挥,鬼子就上了解放牌卡车

按说他们是剥削阶级，理应好逸恶劳，饭来张口，衣来伸手。可是海外派遣的那个特务头子马小飞，居然自己在脸盆里洗衣物，看得我一愣一愣的。马小飞喝酒吃鸡我理解，人特务就该这样，可他为啥还要劳动？诚然，孤身潜回大陆，使唤丫头一时难觅，但也不必特意让他这么演，掐掉不就结了？八个样板戏，一堆反动派，你见哪个干活了？我如此想事，说明政治运动相当厉害，少年脑壳小是小，各种指示精神照装不误，即使凭兴趣出发，也可能随时被原则拦路。

这几部老资格的故事片，还在不同程度上引领或促进了中国电影一些模式的产生，即使算不上鼻祖，至少也是源头之一。双方交战，敌人一片片倒下，好人则半天不死一个，而且总闹"革命化"情绪——领导不让打主攻，想不通；不让参加志愿军，不高兴，总之都是积极性难以高涨憋出来的"正面"问题。为了衬托上级高明，特设低智商同志，令其隔三岔五做出观众都觉其傻的判断，以此推动情节向着观众心知肚明的方向发展。话语上也设有标准句型。正面角色爱说："敌人再狡猾，也逃不出如来佛的手心（后来的编剧这样填词：狐狸再狡猾，也斗不过好猎手）。"反派则向小喽啰如此许愿："事成之后送你去南朝鲜。"晚几代的反派几乎将此句型用滥，差别只是将诱饵换成香港或欧美。

另有一类毛病，属于打造不精的粗糙型问题，这方面，《铁道卫士》表现较多。比如护路民兵的表决心："我们保证，连一个蛤蟆也不让它爬到铁路上去。"时值影片设定的寒季，敌我皆穿棉衣，蛤蟆也在冬眠，无意试探人类庄严的承诺。我们看出这个明显破绽，优越感随之而来。

侦查或捕人的场面也糙。公安人员闯入陌生房间时，好莱坞那种双手捧护手枪，背靠背，半蹲，四处乱瞄的姿态尚未发明传入，几个公安只是单手拎枪，随随便便就进屋，就面对危机四伏的黑暗死角。而且大量吸烟，作案人拼命吸，吸完留下烟头让你有迹可循。破案人也拼命吸，吸完马上产生灵感，找到线索。21世纪的影视可能担心青少年学坏，轻易不露抽烟镜头。电视剧《少帅》尤甚，十几号几十号兵匪大老爷们儿，开会也好，闲聊也好，一律轻柔地嗑瓜子，就差翘莲花指了。

枪击方式也糙，一声枪响一股烟，人就玩完。丢了阵地，张军长痛斥部下："一个团守一个车站你都守不住，怎么指挥的？"把左轮手枪搁桌上，示意其自裁："快执行吧。"部下哀求："我曾为领袖立过战功，我曾为领袖立过战功。"张不耐烦，亲手开枪，只见一股烟窜至对方腹股沟，位置不致命倒也罢了，好歹整个创口吧？不整，就那么草草完蛋，要多省事有多省事。可叹我们这些早期小孩，兴致勃勃接受种种简陋的假死，丝毫预料不到几十年后，效果将大为改观，需要挨枪者被枪一打一个洞，血溅得满墙满地都是，比真的还像真的。

粗糙归粗糙，我们仍旧喜欢，我们就生活在粗糙之中，我们也是粗糙之人。电影是稀罕之物，我们尊敬电影，崇拜电影，熟悉每一个角色、每一个演员，他们比我们年长，堪称父辈，神奇的、了不起的父辈。1968年一个夏夜，我所居住的沈

我的电影生活

阳崔家胡同一片欢腾,李向阳的扮演者郭振清先生摇着折叠纸扇,到他的亲戚——一户普通人家做客。我挤在人群中向窗里张望,惊叹他的神情长相,活活就是刚从银幕里钻出来。郭先生原是天津电车工人,身材魁梧,浓眉大眼,方脸阔嘴,笑起来特别爽朗,特别工农,被认为是那个时代英雄的一种标准。

《铁道卫士》里的侦察科长高健是另一类英雄模样。他的戏份多在沈阳,借他的光,家乡的公园和街道得以搬上银幕。北、上、广这些大都市现在房价高,那时拍电影的概率也高,当地人见多识广,未必珍惜。而沈阳这还是第一次,仿佛今天的国际大赛,偶然安排到了一般城市,我们就很自豪,格外高看高科长一眼,尽管他身上没"块儿",脖子也细。爱之深,责之切。高科长为了保卫隧道,和马特务在列车顶棚翻滚打斗,不但没治住特务,反被特务压在身下,扼住喉咙。看到这里,我家邻居一个12岁的小孩很不满意,情急之下,脱口大骂:"掐,往死掐,掐死得了!"该小孩名叫梁光,家庭出身不错,无人觉得他有立场问题。倒是后来插队当知青,社员群众认为他有问题,主要是嫌他的名字不好,梁光粮光,粮食光了,还怎么活?不由分说,异口同声,管他叫梁有。梁有回城后,在和平大戏院当放映员,可以天天看电影。

《南征北战》里有个英雄高营长——怎么都爱姓高?脖子也不粗,还被流弹擦伤,缠上了绷带,但就是与众不同。他是单眼皮,比中国审美观认为好看的双眼皮少了一层,整体看上去仍不失为英俊潇洒。他有一种读书人的儒雅气质,在一群大老粗指战员的映衬下，分外显眼。高营长不是不可以当营长，但更应该去当一个秀才。他的确也这样做了。《南征北战》拍摄于1952年，是共产党的第一部军事影片。过了几年，在古装电影《桃花扇》里，高营长成了明代书生侯朝宗，跟秦淮歌女李香君才子佳人，爱恨情愁。

当高营长那会儿，身旁也有女性，是张瑞芳女士扮演的民兵连长玉敏。玉敏同志身穿大棉袄，腰扎宽皮带，短发圆脸，嗓音洪亮，充满车尔尼雪夫斯基称赞的健壮美、刚劲美、劳动妇女美。高营长和玉敏这一对单身青年彼此多有来往，却总谈工作，一点儿不让观众往有关方面推想。再说当时举国上下都很害怕爱情和性，弄得小孩子也自律甚严，与其说我们的情窦未开，不如说是半开不开，不敢开，尤其不敢往革命男女那边开。张军长帐篷里那个头戴船形帽嘴叼烟卷的国军女报务员，以及收音机里播送战报的娇滴滴的国军女声，倒是让我们悄声议论：《新华字典》里的"妖艳"和"娇媚"，指的是不是这一类女的。

高营长率部撤退，我们恋恋不舍地看他向玉敏赠送卡宾枪，坚定地说："我们一定会打回来。"放映机沙沙作响，扇形光束忽明忽暗。没有一个观众能够想到，高营长的扮演者，一代影星冯喆先生，再也不会回来，永远不会回来了。多年后得知，就在我们观看他主演的这部影片的同一时间，冯先生成了"黑线人物"，惨遭严刑拷打，被虐致死，年仅48岁。折磨他的人，刑讯他的人，都是"革命者"，是跟"高营长"一个队伍的

我的电影生活

"自己人"。

演好人不得好，演坏人更不得好。方化先生是我们小孩子非常佩服的人。他创造的鬼子形象特别成功，是无人超越的"鬼子王"，谁知竟惹祸上身。电影厂抓"右派"，名额没凑够，拿他充数。方先生不解，询问缘由，答："你演的松井比鬼子还像鬼子，你不反动谁反动？"这些也是我后来得知的，当时只是隐约听说，方先生有"问题"，天天挨斗。我的父亲也有"问题"，天天也挨斗，头上戴着纸糊的高帽，胸前挂着铁制的牌子，一站就是几个小时，腿都站出病来。由此及彼，内心便有辛酸感，觉得方先生可怜。有时暗自设想，"松井"遭受批判，会是什么样子。

几十年过去，天天泡老电影的情形历历在目。某日跟北京出租车师傅闲聊，下班后干什么，打牌还是玩微信？他说啥也不干，就看录像。每天回家，起开啤酒，切了小肚儿，边喝边看，不看别的，只看两部电视剧：《潜伏》和《亮剑》。我说总看不腻吗？他说不腻，一天不看都像缺点儿啥似的。我一怔，明白了，他哪里是在看电视，他是在过生活，跟电视里的人一道生活。是人都要生活，党员过组织生活，教徒过宗教生活，夫妻过性生活。当年的我，我们那一伙失学少年，我们过电影生活。我们避开纷扰的乱世，在老电影里寻找乐趣，日久生情，相看不厌，老电影成了老朋友。

2016年3月10日　陵水

我的
足球生活

这篇文字中,开头标明年月日的楷体字部分,是我"文革"期间在农村和工厂的日记摘抄,错别字等保持原样,在括号中予以纠正。宋体字部分,是我1998年写的注解。其中最后一则(1976年7月18日)注解部分的第三段文字,是我新加上去的。

青山也烦,绿水也烦

1969年9月3日 晴

下午我们一齐到龙湾小学校踢球去。

小学校在一个高岗上,有篮球场和足球场。

足球场大概好久没人踢球了,生了一片青草,许多牲畜在那里吃草。天上几朵白云在轻轻飘动,往下可看到西龙湾和干河子两个堡子,堡子南边是银光闪闪的柴河,河两岸的水稻黄了,高粱红了,远处是一座一座的青山。

大约一年多没玩球了,所以玩得很不熟练。真有意思,一年多前,在沈阳大足球场上"冲锋滔(陷)阵"的我,今天在"牧场"上踢起皮球来……

踢球你就说踢球,啰里啰唆写那些景儿干啥?一个初中生,酸不酸呀你?要不毛主席咋把你们弄到乡下让老农管教呢。

此前的日记写道,曾在队里割麻,打柴。然后生病,然后涉过清清亮亮的柴河,到艾小兵所在的干河子大队玩了两天。艾小兵,我的小学足球队友,左后卫,和我考上同一所中学,插队的地点离我也不远。

此篇日记写的似乎无忧无虑,其实那一段过得并不容易,活累,想家,吃得差,没盼头,这且不说,晚上睡觉还得挨跳蚤咬,一咬一片疙瘩,一挠一汪一汪的血。可是,脚一沾上足球,心情立即好转,甚至生出难得的闲情逸致,觉得周围的景致也可爱起来。而以往情绪低落时,青山也烦,绿水也烦,几乎找不到可心的东西。我是1968年9月当的知青,下乡地点在辽宁北部开原县的山区。

第二天,9月4日的日记又沉重起来,因为从公社有线广播里听到越南领袖胡志明患心脏病逝世的消息，还有中共中央的唁电。当时正是下午6点半，天光晦暗，秋雨凄凄，哀乐声中，头天一起嬉笑玩球的知青规规矩矩，默哀一分钟，踢球干活两用的破胶鞋上沾满了湿泥，死沉死沉。

记忆中这可能是第一次从官方电台里听到哀乐，因此十分震悚。以前在城里听哀乐，都是武斗死了人，"兵团"或"战线"游尸时，宣传车的大喇叭播放的。刚开始听也震悚，惯了就不怕了，躲在一定距离之外，捂着鼻子悄悄观看。除了哀乐，造反派游尸还爱播一支曲子，开头几句好像是"戴镣长街行，告别众乡亲"，呜呜咽咽的，又缠绵又悲壮。

"文革"期间，跟中国比较铁的社会主义国家没几个了，除了有明灯之称的阿尔巴尼亚，越南算是相当密切的兄弟邻邦。于是，9月4日的日记里又郑重而工整地写道："我们将牢记，中国人民是越南人民真正的朋友，中国领土是越南反美的辽阔后方。"一看即知，这是抄来的报刊用语，但抄时的心态却是虔诚的，特愿意当人家的后方。

那一段，我最关注的战争区域有两个，一个是越南，一个是珍宝岛。越南太远，全国盼打仗的知青那么多，再需要人也轮不到我。珍宝岛就不同了，据说苏修T62坦克的速度极快，从边境开到我默默插队的辽北山区，也就是一阵风就到了。天将降大任于斯人也，去你妈的镰刀锄头！外加窝头跳蚤！我将威武地扛起四零火箭筒，最不济也能扛一个鼓鼓囊囊的炸药包。有人说，好足球的人都好斗，我觉得这句话非常有道理，至少我本人的少年经历可以证实这一点。当然，好斗也不敢跟周围群众斗，主要是想跟苏修斗，骨子里却希望利用战争摆脱当知青的困境。这一点和古今中外许多大政治家倒是不谋而合——他们的国家一遇到麻烦，他们就想发动战争，以便转移一下国人的视线。尽管他们未必喜欢足球。

后来，我又从广播里听到苏联总理柯西金的消息，很感困惑，无论如何也高兴不起来。柯西金出席完胡志明的葬礼，从河内回国途中，曾在北京跟周恩来总理会晤。我当时想，这下完了，他们二位这么一谈，仗还有得打吗？

又及：这一本知青日记很注重天气，每天都记阴晴雨雪什么的，已经有一些农业色彩了。而此前那本小学生日记，对哪天是星期几，哪天放假却记得很认真。知青不关心这个，知青和农民一样，没有星期的概念。

令苏修发抖的枪

1969 年 9 月 26 日　阴

今天我又回到了沈阳。

在无轨车上，我看到了中山广场矗立着的雄伟的伟大领袖毛主席的塑像，禁不住一股暖流涌上心头。一队队身着黄上衣蓝裤子，背着行李扛着木制半自动步枪的红卫兵，雄纠纠（赳赳）地走在红旗大街上。庆祝（建国）二十年大庆的各式彩车停在各单位门前，一座高大建筑物上的喇叭里播送着"五星红旗迎风飘扬……"沈阳的一切是那么的亲切，那么的新鲜，那

我威武地扛起火箭筒

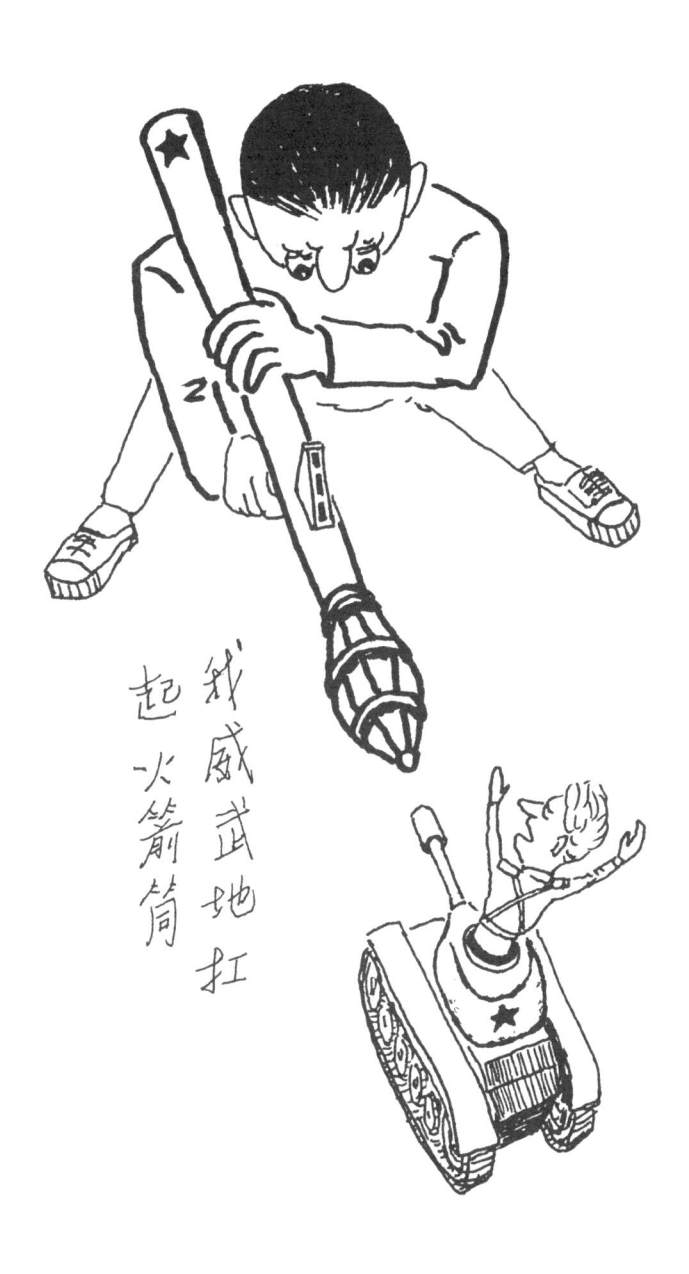

我的足球生活

么的令人激动呵！街上到处是"打倒美帝打倒苏修、提高警惕保卫祖国、要准备打仗"的醒目的大字标语。民兵们在爱惜地抚摸、擦拭着新发的、令苏修侵略者发抖的枪。如果苏修真要侵略我们，那我们就要完成时代赋予我们的使命，把帝修反从地球上消灭光。

挖"防核洞"

1969年9月27日 阴

上午在家挖了一会"防核洞"（我是这样称呼它的），到粮站买了十五斤苞米面后，到荞会元家呆（待）了一会，他给我看了我俩在开原照的相片底版，边看边埋怨我的照相技术太差，也难怪，谁让他和我这个对摄影外行的人合作呢？下午和姐姐送爸爸回干校，但是汽车票售光，只好明天早上走啦。晚上洗了一个澡，浑身上下都舒舒服服的。

那一时期，我爸我妈都在农村的干校劳改，很少有机会回城。家里没有大人，虽然冷清，但也自由。姐姐是我们家最大的孩子，送完父亲没多久，她也返回了盘锦农村的知青点。

"防核洞"，就是人防工程，也叫战备工事，在地下挖坑挖洞，浇铸钢筋水泥，据说能防苏修的原子弹。每家每户都要摊派人员，无偿参与挖洞。干活的人热情有余，经验或运气不足，有时一塌方，就被闷在里面，严重的还有被砸死的。砸死就砸死，出身不好的草草火化了事，出身好、表现好的可能会开一个追悼会，回忆一番，哀伤一番，号召大家把仇恨记在苏修社会帝国主义头上。现在，这些洞大多还在，有的当了地下商场，有的当了旅馆或歌厅，甜哥哥蜜姐姐的爱情小曲嘤嘤地从洞中传出，再坚硬的水泥构筑恐怕也要酥软几分。

消灭无政府主义

1969年9月28日 阴

下午四点多钟我和艾小兵、荞会元、姜小兵从太原街回来，四人分乘两辆自行车，被中山广场岗楼民警捉住，送到遂川街派出所，写了保证书，一个解放军同志给我们上了一堂交通规则课。他讲得非常好，使我深受感动，今后一定从自己身上消灭无政府主义！

辽沈大地红烂漫，虎落平阳心里酸

1969年10月2日 晴

吃过早饭，我就上荞会元家去，艾小兵、韩九华也在。我们唠了一会闲嗑，上太原街文艺照相馆洗照片。回来时路过二十中学，在操场看了半场足球赛，辽宁队于（与）气压机厂队对垒。倪继德不失当年勇，盘带踢遛，如入无人之境。亲眼见他把球从毫无反应的迟呆的气压队守门员身旁打进。比赛结果，气压机队败北——二比三。

气压机厂，即沈阳气体压缩机厂，地处铁西区云峰街，国营企业。中央发文件时，如说"此件发至县团级"，那么，气压机厂就能得一份。当时，该厂大约有三千名员工。可是，就算你有三万名员工，你的比分也不该跟辽宁队咬得这么紧！辽宁队何等豪杰，哪让人这么咬过？别说你一个业余范儿的，一个"县大队"、"区小队"，就算京津沪粤的正规军来了，他们也不敢太放肆。

辽宁队是在全省人口中扒拉来扒拉去，精心挑选出来的。那时全省有多少人口？——两千八百万，这个数字我至今不忘，盖因1968年省革命委员会成立，中央两报一刊（即《人民日报》、《解放军报》、《红旗》杂志）联合发社论说，辽沈大地红烂漫，辽河两岸尽朝晖，毛主席呀毛主席，两千八百万辽河儿女想念您。用词特华丽，特煽情，特往我这种傻小子的心里去，从此记住了两千八百万红烂漫。

省革委会成立那天，沈阳戒严，举行盛大游行。"文革"前游行，各行各业包括体育界都能露一下脸，体育界尤其是足球界的人马总是光彩照人。有一回最是令人钦佩，健儿们异想天开，干脆把球门架在小车上，把赛场搬到游行路线中，边走边踢，边嗷嗷喊口号，且努力做出种种高难动作，惹得群众山呼海啸般叫好。但是，革委会成立那天就不行了，那天没有体育人，没有足球人，只有军人和造反派，装甲车和火箭炮，机关枪和刺刀枪。主席诗曰："中华儿女多奇志，不爱红装爱武装。"那时大家也不怎么爱运动装，或者不敢爱。

由1966年算起，时隔3年，在肃杀的秋天，在更加肃杀的备战气氛中,作为一名栖栖惶惶的落魄知青,我又见到了我的辽宁队。日记没说那一瞬间我的心情,但想必是又惊喜,又感慨。

倪继德,著名球星兼教练,当年辽宁队的主力球员,右内锋,球衣号码8号,曾入选过国家队,我少年时的偶像,英俊洒脱,技艺超群。他司职的右内锋,是否跟风行一时的匈牙利四前锋制有关,我知道的不多,不敢乱说。但依稀记得,"文革"前的甲级联赛,一些队总爱排四二四的阵型,好像精细的南方人,吃鱼喜欢吃鱼头和鱼尾——妙称划水。如今则重视中场,爱用三五二,四五一,宛如实实惠惠的北方人,吃鱼专吃中段,拣肉厚的地方下嘴。右内锋遂成古典编制。

还是回到1969年。那时天下大乱,杀声四起,沧桑巨变,不少规矩都改了。对于某些国家领导人,大家爱怎么骂就怎么骂,谁都不在乎,我也不在乎,眼毛都不眨一下。但是,我却仍然在乎倪继德,崇拜倪继德。"不失当年勇","如入无人之境",我把最好的词句都献给了他。而"亲眼见"三个字,更透出我当时的自豪和荣耀。在一个中学的破操场上连跑带颠,对于曾经红透全国的辽宁队来说,似乎惨了点儿。印象中,操场边上坑坑洼洼的,也在挖所谓的"防核洞",瓦砾残土,秋风枯叶,感觉越发应该凄凉。但是,这也给我带来难得的良机,使我能与球员最大限度地贴近,甚至可以跟着跑,边跑边看边呐喊。从前哪有这个福分?从前我和万众一起窝在看台上,遥远得根本够不着倪继德。当球童时离得近些,但得老老实实坐在指定区域的小板凳上,不准乱跑乱动,还是够不着。现在好了,心仪的英雄近在咫尺,让你可劲儿看,头发丝和汗珠子都看得真真楚楚。甚至我还与他握了手,受宠若惊!观众不多,稀稀落落也就几十人吧。见我们这么虔诚,倪继德可能也很高兴。

那天的比赛可能是辽宁队有史以来最默默无闻的一场比赛了。没有海报,没有球网,没有边旗,连白线也没人给画,纯粹是民间自发的,技痒难捱了,苦闷太多了,大家凑到一起玩玩。何以解忧,唯有足球。球一滚动,什么烦恼都忘了。

气压机队曾当过沈阳工矿比赛的冠军,尽管如此,辽宁队也不该让它进两个球。三比二的比分无疑是"文革"期间,专业队技艺荒疏、水平下降的表现。我一直认为,倪继德是中国最好的球员之一,如果有机会,他几乎可以成为世界级的球星。可惜生不逢时,活活给耽误了。

看这半场足球,还有点看《水浒》和《三国演义》后半截儿的感觉,英雄们老的老,亡的亡,虎落平阳,龙困浅滩,让人心里有点酸。

秋凉如水

1969年10月13日 晴

晚上和荠会元上艾小兵家玩。艾小兵家对门就是我们的母校——沈河区一经街第二小学。我们三人在学校收发室坐了一会,同打更老头闲唠。我从他(他自称六五年时在伙房当炊事

何以解忧

惟有足球

员来着）口里得知我毕业四年多学校的变迁，教职员工的变动，引起我对往事的回忆。我望着窗外学校的大楼，熟悉而又陌生的操场，亲手抚摸过、守卫过的足球门，被晚风吹得哗哗作响的银杏树，真是浮想连（联）翩。

秋凉如水的夜晚，繁星点点，旧地重游。体味了骚乱、屈辱、艰难、痛苦、贫穷，又见校园，又见球门，心中顿生悲凉，与年龄不相称的悲凉。可我为什么只在收发室坐坐，没有到我心爱的球场上跑一跑，蹦一蹦？为什么没有记一笔体育王老师的下落？王老师，你在哪里？你还在指导小球员吗？

少年与成人的时空概念大不相同。

非常时期与平庸岁月的时空概念大不相同。

那时，怀念4年前的经历，竟觉得十分漫长。现在，我动辄回忆起30年前的往事，却仿佛就在昨天，只是淡淡的，蒙了一层雾。

比较"虚"的东西

1969年10月15日 阴

紫红色的皮盒上的马蹄表的表针指着20点半，我正准备就寝，大哥突然推门进来了。天哪，我是多么高兴啊，分别了两个来月的兄弟又见面了……

大哥带回来葵花籽、玉米粒、地瓜，还给爸爸买了一个广州产的打火机。

阿音哥哥在辽宁康平的朝阳公社插队，他带回的无疑是当时最珍贵的礼物。此次重逢，兄弟俩是否与足球发生过联系，那几天的日记没有只言片语提及，提及的主要是怎样学毛著，怎样狠斗私字，猛触灵魂，改造世界观，做红色接班人之类比较"虚"的东西。但我愿意相信，那几天，我们会在一起玩球的，至少谈过球，我腕子上因踢球受的伤还没好，哥哥一问，就能把足球引出来。

我当时压根想不到，我亲爱的阿音哥哥，他在人世间只有两年的生命了。

他给爸爸买的打火机虽然简陋，却很管用，有一根弯弯曲曲的弹簧丝把火石顶上来，用手一拨小齿轮，火苗就呼地冒出来，很长、很耀眼，让我和弟弟刘嘉陵十分惊喜。

我爸当时心情郁闷，烟瘾极大，烟卷、"喇叭筒"咕咚咕咚抽得都很凶。如今，他老人家戒烟快20年了。

比较革命，也比较干巴

1972年9月14日

我生活在三大革命斗争中，在火热的工厂，每天都有许多生动的事情，感染着我，教育着我。半年多来，由于自己的疏懒，许多可记的事情都被我"拉倒"了，想起来十分可惜，不由得痛恨自己。

党和人民交给我从事通讯报道的光荣任务。我要认真学习马列，树立革命的世界观。除此而外，还要苦练为人民而写作的过硬本领，要培养自己的感受能力，观察能力和表达能力，时刻想到自己的职责。写文章就是要革命地能动地反映客观事物，而事物是错综复杂又丰富多采（彩）的，必须在日常生活中细心体察事物，积累大量写作素材，攒下生活底子。

我是深知自己记忆力的——臭得很哪！对事物观察得又不周全、细密，有些稍纵即逝的东西更是大脑所强留不住的。好记性不如烂笔头，有事还是记在日记本子上好处大些。

这篇日记比较革命，也比较干巴，但它表明，我摇身一变，已从知青成了新闻报道人员，算是干部了，故说起话来爱用"大词"，挺"绷"。从农村抽调回沈阳，我在工厂当了一段工人，然后调到厂宣传科搞报道，编厂报。

球欲炽烈

1973年7月16日

今天下午，市体育场为纪念毛主席再次畅游长江七周年，特举行体育表演——足球赛，辽宁队对（全军足球赛的）部队联队。这是今年迄今为止，在沈阳进行的一场最精彩的足球赛，机会太难得了。

足球票很不好搞，学成认识体委的一个同志，事前曾联系过，下午比赛开始前，该同志等在门口，领我们一起入场。

一下午工作都没安下心来，脑子里想的不是工作，而是喧嚣的球场，中锋的劲射，守门员的鱼跃，几分钟一换的记分牌……

总算快到四点钟了,我把东西收拾好,准备走人。就在这时,科长傅致祥同志告诉我一会研究工作,我心里一怔,脸上马上露出不愉快的神色。

唉,真是的!早不研究晚不研究,偏偏这个时候研究!

研究工作是大事,看球赛是小事,谁都会做这样的权衡,科长更会这样做的。我不得不压一下自己的看球欲,把收到抽屉里的工作日记又拿出来,准备和大家一起研究。

然而,球欲炽烈,怎么能一压就灭呢?我被"机会难得"四个字迷住了,走到科长身旁,俯在他耳边,嗫嚅道:"四点左右有球赛……嗯……这个嘛……那个呀……可好了……"

科长可能心里也一怔,脸上也露出不愉快的神色,不过这神色不是马上,而是渐渐表现出来,并兼有嗔怒、指责、劝阻的成分。见我离心似箭,他回答:"等一会,用不了多长时间,就研究完了。"

于是开始研究工作。

我坐在科长的对面,其他同志分坐两旁。大家热烈地发言,积极地探讨,我却实实在在地品着热锅上的蚂蚁的滋味。偶然间,自己的目光和科长的对上了,"眼中有神",真是不假,不过这"神"只有科长知道,我知道,而别人不知道。

几次把左手放在桌下,瞅瞅腕上的手表,越是嫌表针走得快,就越是嫌同志们话讲得啰嗦(唆)、冗长。

四点半,总算研究完了,我撒丫子往自行车库跑,边跑边盘算：球赛四点开始，四点四十五分打完上半场，我赶到正好看下半场，下半场才激烈呢。

和学成飞快地蹬车，到了体育场，场外自行车一排又一排，汽车一辆又一辆，观众无疑多得很，体委那个同志可能等我们不耐烦，早进去了吧？若是真的进入那人山人海之中，我们又如何能把他"这枚针"捞出来呢？

学成对球本来就不太感兴趣，一见此状，便"打马回朝"了。

我则不然，乘兴而来，怎能败兴而归呢？

场外球迷甚多，大都是无票者，有趴墙头的，有骑树杈的，姿势千奇百怪，眼睛却都往一个方向瞅。

无奈之中，我也效仿他们吧。我蹿上一棵大杨树，透过茂密的树叶，依稀可见场内球赛。球赛非常激烈，部队联队劣势中不馁，辽宁队斗志更高。最后，辽宁队以四比一获胜。

可是回到厂里，在我写这篇日记的时候，我却如同一口吞下甜酸苦辣，心里特别不是一个滋味。开始我想，我真倒霉，把科长也惊动了，把球赛也看飞了（"飞"到大杨树上），真不合算！

转而又一想，我今天做得对吗？我自认晦气，是因为来晚了没有进场吗？假如及时赶到并且入了场，还会感到倒霉吗？

再仔细分析一下，我头脑中影响工作、耽误看球两种思想都有，并且交叉着，矛盾着。但是现在，我却深深感到惭愧了。是我的不对，球再好也不能成为影响工作的借口呀！这哪像个共青团员呢？又像什么政治工作人员呢？这时，假如科长推门进来，狠狠克我一顿，那是最痛快不过了。

然而，科长并没有来。那我该怎么办呢？我是不能再发诸如"今后保证不犯"之类的誓言了，因为从前我发誓言的时候太多。我要吸取这次教训，真正吸取，用今后的实际行动来验证。

这一篇挺有意思，看起来像是检讨，语气也诚挚委婉。可是，又花了不少笔墨，津津有味地说球欲，说比赛，甚至连比分也没忘记写上——辽宁队赢部队联队四比一。赢八比一又能怎样？这跟你吸取教训、痛改前非有什么关系？这叫鬼迷心窍，也叫情不自禁。辛弃疾有名句曰：欲说还休，欲说还休，却道天凉好个秋。我这里却是：欲休还说，欲休还说，辽宁踢得真不错。看球的快感有了，误工的检查也有了，又做和尚又娶亲，两不耽误。

我的快感是有缘由的：1969年，辽宁队跟区区一个厂队比赛，勉强以三比二取胜，时隔4年，刮目相看，竟一举击败部队联队！而且是四比一的悬殊比分，而且是解放军的精英战士在此，光芒四射！比赛时的球衣漂亮，赛完了穿上军装更漂亮。那时，全国最气派的服饰就是军装，有样板戏唱词为证："一颗红星头上戴，革命的红旗挂两边。"别说军装，谁要是能戴一顶军帽，哪怕是旧军帽，那他也不得了，比80年代拎着录音机上街的少年郎还要威风，比90年代当众亮出大哥大的小老板还要矜持。因此当时有一项奇特的罪行：抢军帽，一旦被警方破获，判刑很重。当然，只有正宗的军帽才值得冒险一抢，而那些鸡屎黄或蛤蟆绿的仿制品满世界都有，唾手可得，自然无人问津。

重读这篇日记，忽然想起看三言二拍时的感觉。三言二拍那时是古代，有礼教，有官府，行起文来难免遮遮掩掩，穿靴戴帽，说些劝诫性的套话，比如，若要人不知，除非己莫为；又比如，酒是穿肠毒药，色是刮骨钢刀，财是……（忘了四个字，抱歉），气是惹祸根苗；再比如，二八佳人体似酥，腰间仗剑斩愚夫，虽然不见人头落，暗里叫君骨髓枯，等等。可是，劝归劝，说归说，一个个故事娓娓道来，淋漓尽致，酒色财气照讲不误，挡不住的诱惑扑面而来。

我写日记时是70年代，日记写在一个小红本上，小红本里有插页，是红色娘子军的剧照，洪常青威风凛凛提着大刀，吴清华横眉立目戴着袖标。小红本的空白页上还有我给自己的"题词"——"全世界无产者联合起来！因为我们是无产者，无产者是全人类的大多数，所以我们的朋友遍天下"。

当时开会，我还记了不少本工作笔记，时过境迁，大多扔掉了，仅保留两本做纪念，其中一本刚好是1973年的，一查，居然查到7月16日我看足球那天记的内容：

"一、傅科长传达昨天部务会精神。科里研究工作，讨论如何写三季度宣传报道要点的问题。

二、机电局在厂俱乐部召开批斗犯罪分子大会，全厂参加八百人,水泵、气压两厂各来三百人。"

寥寥两段,语焉不详且字迹潦草,笔者躁动之心可见一斑。

还可见到傅科长严肃外表下那善良的心肠!科长真够可以了,那天又要研究工作,又要批斗"犯罪分子",哪一件都不能怠慢,假如拒绝你看球,谁都不会认为过分。但科长却说,"等一会,用不了多长时间,就研究完了"。多么富有人情味的回答!后来,他也没要求我就此事检讨半个字。

科长胃不好,家庭生活困难,营养跟不上,工作又累,就得了重病,不治身亡,享年52岁。

当时我已在大学读书,入殓那天,特意赶回来,为他送行。

厂里有不少人在场,大家唏嘘慨叹,都说科长是好人。

马克思不让苦难者抠书本

1973年12月2日 阿音哥哥忌日

哥哥,我憨厚、淳朴的亲手足!你离开我们,离开人世,整整两年了。两年来,你的音容笑貌,在我的心头,一直萦回缭绕,不能消失。

在沈军操场,是我们,共同追逐足球;在山东济南,又是我们,一道观赏泉柳;在首都北京,也是我们,并肩接受伟大领袖毛主席的检阅;在辽北农村,还是我们,互叙接受贫下中农再教育的收获……

然而谁能想到,身材魁梧的你,竟染上了不治之症;谁又能想到,这绝症来得如此快——挥镰奋战在公社农田里的你,两个月后，竟在医院病榻上与世长辞了！

哥！你虽然故去了，但你在我心目中是永远存在的。

你粗犷直爽，一是一，二是二，从不拐弯抹角，虚头巴脑。一次，你和爸爸谈起如何正确对待贫下中农的问题，你能坚持自己的看法，打破"父父子子"的封建传统观念，激烈地和爸爸辩论是非曲直。那一次，你有些看法是很模糊的，但后来你能在实践中澄清认识，提高觉悟，使大家深受感动。

你勤奋好学，不贪图安逸。下乡插队后，很少回城。父母下乡后，每次你去看他们，总要帮家里挑水，锄地，帮弟弟看场，铡草，忙个不停。你牢记毛主席关于"好好学习，天天向上"的教导，认真看书学习。"文化大革命"停课期间，我亲眼见有好几次，你在昏暗的灯下读"实践"，抠"矛盾"。家里的毛主席著作单行本、选读本上，至今还留着你用红笔画的杠杠，注的心得。

你艰苦朴素，喜欢"土"，讨厌"洋"，心安理得地戴旧式猫皮帽，着毫不"时髦"的补丁衣。我现在所珍藏的你的遗物中，有许多件你亲手缝补的旧衣袜。那粗大的针脚，像你长满茧子的手指一样，令人感佩，令人心酸。

你坚强乐观，不怕困难。素日的琐事不说了，就在你一生的最后时刻，你也不沮丧，不绝望，坚信"我的病会好的，好了还要继续为人民服务！"身患绝症，你却毫不介意，仍然谈笑风生。医院制度严格，不许随意探望。一次，我从后门"混"进来，当向你谈到我如何"欺骗"守门的老大爷时，你笑了,笑得就像昔日你、我、嘉陵我们哥仨比赛说笑话时一样酣畅!医书上说,你那种病巨(剧)痛难忍。你一方面与病魔搏斗,一方面安慰别人,装出愉悦的面容。一天下午,疼得实在厉害了,你咬紧牙关,一字一句,断断续续地唱国际歌,豆粒大的汗珠浸透枕巾,苍白的双手揉皱褥单,雄壮的歌声响彻病房。守候在一边的我的心情,简直不可言状了!妈妈又偷偷地哭了,我也哭了,你望着天花板,继续唱着,唱着……

哥,我想你呵!

马克思常喜欢讲伊壁鸠鲁说过的一句话:"死亡对于死者并非不幸,对于生者才是不幸。"你悄然离开了,我们却悲痛,惋悔,叹惜。哥哥,哥哥呀,你死得太早了!你才二十一岁,才刚刚开始为党为国家工作,你还应该再活三个二十一岁!

在我们的这个社会主义国家,再活三个二十一岁,继续为祖国大厦添砖加瓦,该是多么幸福的事情啊。我们所处的这个时代太好了,你离开我们才两年,世上又发生了很大的变化,形势对我们无产阶级革命事业越来越有利,我们家里的人和同志们一起,正在为革命努力贡献。

哥,倘你有知,对这一切,准保会十分高兴的。

安息吧,哥哥。我要化悲痛为力量,加倍工作,把你那一份也带上!

愿哥哥:

黄泉敬先辈,再学马克思!

我哥刘阿音，属虎，是我家三兄弟中最棒的一个，而且视力好，不戴眼镜，身高一米八六，体重八十公斤，黝黑健壮，人送外号"大砣"。他球踢得很好，司职前锋，屡有胜绩。一次远程射门，球极有力，竟把守门员的腕骨震劈了，于是名声大震，某某街区赛球，常有人拉他入伙。我一直不明白，我哥这么壮，大砣！碾砣！碾磙子一样结实的体格，平素连感冒都没有，为什么偏偏得了绝症？！

有人说，这是因为，阿音他心思太重，太实在了。

我哥为人的确实在、憨厚、质朴、轻信，给个棒槌就当真（针）。"文革"兴起，狂飙突进，我哥正读初三，心中有话，但觉得不便与中学同学商量，便悄悄问一个小学同学：运动后期，对挨批斗的人怎么处理？那同学也是孩子一个，而且不知我爸就是这样的人，遂信口说：怎么处理？拉出去统统毙了。我哥当时默默无语，回到家，一把抱住母亲，哇哇大哭，边哭边说："妈，给我爸多做点好吃的吧。"

从此爱去沈阳军区。军区大院有士兵站岗，进不去。院外有小楼，叫革命群众接待站，总有军人拿了最高指示，北京精神，向百姓宣讲。听众里常有一个愣小子，张着嘴，瞪着眼，傻傻地听，那人就是我哥。偶尔身旁还有一个小子，豆芽菜般瘦弱，听天书一样茫然，那人就是我。我是我哥拉来的。我哥说刘齐，你不要老想着玩，要有正事。我哥最爱听军人讲政策，遇有新的精神，便牢牢记住，回家说给大人听。那一时期，我哥的确爱学毛著，他虽年少，对党和国家的命运担忧一下，还是可能的。但他最担忧的一定是我爸的命运，因此想从"红宝书"中多寻点有利的教导。毛泽东一句"惩前毖后，治病救人"，我哥竟重重画了三道粗杠。

总去接待站，总关心时事，知道天下倒霉的人太多，越来越多，相比之下我爹还不算太倒霉的，渐渐就不大恐慌，似乎还有几分人多势众的慰藉。接待站邻近八一剧场，剧场对面有球场，专业，正规，久无人踢，已是芳草萋萋了。我们正值爱玩的年龄，再动乱玩心也不会泯灭，从此有了新去处。"在沈军操场，是我们，共同追逐足球"，说的就是这个。"文革"前我哥不太爱跟我一起踢球，他高我两年级，有点看不上我，嫌我笨。他甚至不知道他的弟弟在校队是人人信赖的好大门。我们不在一个学校。现在，托"文革"的福，哥俩又玩到一起了。而且，玩的是标准的球场，标准的球门。我一下子觉得自己长大了。

踢球者大多是乌合之众，彼此不甚了解。一次，有人对我的守门能力提出质疑，我哥很难堪，仿佛自己徇了私，舞了弊。我咬牙暗说，好小子，走着瞧。不一会就有高球飞来，直向球门吊去，我连退两步，争气地将球托出横梁。我哥高兴得大叫："好门！"那天我哥踢得也好，他用一个漂亮的"二提蹦"，将球送进对方球门。

我哥管守门员叫"大门"，后卫叫"二门"，左右腿先后抬起的凌空抽射叫"二提蹦"，点球叫十二码，手球叫"汉子"。这些说法是我哥从街头球队学来的，那时沈阳不少小孩都这么说。我是学过匈牙利《足球理论》的人,所以我觉得这些说法太土,也太荒唐,心中暗自好笑——手球的是汉子,不手球的就是娘们儿了?

多年以后学英文,每天都嘟嘟囔囔背一些单词。有一天我背脚——foot,手——hand,复数的脚——feet,复数的手——hands,心中一激灵,这hands的发音不就是"汉子"吗?原来刘阿音并不土,他可能是在用英文说手球!尽管他自己未必意识到。街头小孩子这么说,无疑是受父兄的影响,但父兄又是受谁的影响呢?沈阳历史上与日俄英美等国家都有接触,是哪国人把"汉子"留了下来?

日记中提到几件遗物,但还有一样东西没提到,那是一副廉价护膝,阿音的心爱之物。他太年轻,世界上有许多好东西,他都没来得及享受,区区一副护膝就稀罕得不行。护膝用得太久,毡条已经开线,松紧带已经只松不紧。当知青时,无球可踢,我哥就天天戴着它防寒。他总说自己腰腿疼,以为是风湿,其实哪里是风湿,是万恶的重症之魔,重症之魔已在狰狞地入侵。

"我们所处的这个时代太好了。"

好什么?傻话一句。

若真的那么好,我的哥哥何至于如此艰难!

那时没有什么歌可唱,唱别的歌挨批,或者不伦不类,只能唱国际歌,烈士临刑前都唱国际歌。"起来,饥寒交迫的奴隶,起来,全世界受苦的人……"我哥也是受苦的人,我哥唱这悲壮的歌,表明他已知道,自己去日无多了。他不说破,他怕亲人忧伤，他自己挺着。如果不是在那个"太好了"的时代，而是在今天，1998年凉爽的初夏，我哥的病一定能治愈。他甚至都不会得病，他将和我们一道，高高兴兴地观看法国世界杯，并以他瓮声瓮气的中年人的嗓音，哼起那首脍炙人口的《生命之杯》——

构！构！构！阿雷阿雷阿雷！（GOAL! GOAL! GOAL! ALY, ALY, ALY!）

到美国后，我参观过许多墓地。浓荫下，青草上，有一些墓碑显得很有感情，因为上面刻着死者生前最喜爱的东西，比如钓鱼竿，比如小提琴。我哥没有墓地，没有墓碑。我哥的墓碑在我心里。时间越久，我越知道他需要什么。

"黄泉敬先辈，再学马克思！"

1973年的我，怎么写出了这一句？哥哥到了那一边，做弟弟的还希望他"继续革命"，又让他安息，又让他学习，矛盾的悼文，矛盾的世界。当弟弟的太不懂事！其实，即使是马克思老人，他也不会让一个饱经磨难的孩子在天堂死抠书本，他会拍拍我哥肩膀，长叹一声说：孩子，好好玩球吧。

懂不懂都要给干部做辅导

1974年7月11日

午前给第三期干部读书班讲《哥达纲领批判》第四章。

午后看足球赛,毛里塔尼亚"努瓦克肖特"队对辽宁队,毛胜辽,四比三。

晚读列宁的《论国家》、《致阿·马·高尔基》、《为战胜高尔察克告群众书》。

当时正在贯彻毛主席的指示"认真看书学习,弄通马克思主义"。批林批孔,用革命理论研究儒法斗争历史。宣传科的所有成员都分了工,懂也好,不懂也好,反正每人都要到厂里办的脱产读书班,给车间主任一级的干部讲辅导课。

这天厂子不休息,因此我看球占用的又是工作时间。

切西瓜也要想到敌人入侵

1975年12月16日

这是什么球赛,如此吸引观众?

这是什么场地,不但平滑而且晶莹?

这是什么球员,十分机智百分骁勇?

这是什么球儿,不圆不扁,不大不小,用坏一个,再换一个,备品如山,无尽无穷?

沈阳青年湖清淤工地,人如潮,旗似海。工地一侧,在平滑如镜的冰面上,我厂参加会战的工人和干部正在进行一场奇特的球赛。说是冰球吧,参赛者并未穿冰鞋持球棍。说是足球吧,又是冰上运动,在冰上踢冻土块儿。

代表球门柱的也是冻土块儿,左一块儿,右一块儿,中间距离，一二三——我这个门三大步，你那个门为啥两小步？别玩赖，再往大扩一扩！

劳动间歇，赛事正酣，观战者围了一层又一层。

"快，传给我！"

"二过一，射门！"

"啊，射中了！"

冰上行走尚且不易，奔跑起来更是难上加难，稍不留意就跌一个仰八叉，惹来笑声一片。

尾巴骨生疼，拄地的手冰冷，全然不顾，爬起来再战。时而哧溜一下，滑向前去，时而扭身一转，急速停步。

欢声雷动，"啊，又进了！"

"进什么进？你把球门柱子踢飞啦！"

录以备忘，这场比赛还应写上：

#友谊第一体现得最充分；

#不怕苦的精神表现得最突出；

#因陋就简的情形最明显；

#与生产劳动相结合；

#历史的回顾：八路军战斗篮球队，贫下中农的石锁石杠铃，海军战士的缆绳秋千；

#平素大伙的锻炼情景；

#最后回到球场，收尾。

这场冰上球赛，我是发起者，策划者，同时也是参赛主力，所以津津有味地写了一篇。而一旦想到这是在写作，在练笔，就不由自主地想往里面放点"意义"。一时放不进去，还不满足，还要"录以备忘"，打算以后接着来。

针对中国人的喜爱上纲上线，鲁迅曾讽刺说，即使切一块西瓜，也要想到敌人的入侵，国土的被瓜分。

他的任务是讲笑话

1976年7月18日

厂自行车修理部的李师傅是个非常风趣的小老头儿。他矮矮的个子，偏穿一套肥大的工作服，上衣无论冬夏，一律掖到裤腰里，拿皮带勒紧。足蹬一双破旧的大皮鞋，走起路来咔咔地响。脸红，鼻头更红。酷爱足球，满肚子俏皮话。每次我去修车，他都跟我攀谈球赛的事。

昨天李师傅太忙，就叫他的徒弟小徐帮我补后带。谁知补完后仍然泄气，今天下午我又将车推到修理部。一进门，我就对小徐说："怎么还煞气呢？"李师傅正在老虎钳上锉着什么，头一低，眼光从花镜上边缓缓滑过来，一见是我，便笑了："说清楚点儿，到底谁煞气？你煞气还是小徐煞气？"

"车煞气。"我递给李师傅一根好烟。

"车煞气人煞气都不怕，治病哪有抓一副（服）药就去根儿的？"

说完看看烟牌子，然后把烟夹在耳朵上，帮我扒带补胎。

边干边议论前一段那场国际足球比赛,罗马尼亚队对辽宁队。

"那个罗马尼亚队,长得毛烘烘的,还真有两下子,和咱国家打得难分难舍,谁也不服谁。上半场快完事时,他们嘭!射咱一个球,被辽宁守门员(一指我)——比你小伙儿个头还猛哩——一把搂住。搂住了你还等啥?等着下蛋?赶紧往自个儿家撤吧,免得打你一个措手不及。谁知射门那小子不爱撤,他还往前跑,跑到球门柱那儿,哈腰一瞅,抬起头,拍拍咱守门员的肩膀,龇牙一笑,这才晃晃荡荡往回走。你们猜怎么回事?"老李头绷起脸来发问,两个小眼睛亮光闪闪。

满屋子人都被这有趣的故事吸引了,屋里静悄悄的,充满期待的气氛,却没人主动搭茬,因为谁都知道老头儿这是在卖关子,你回答不回答并不重要,反正他自己迟早会把谜底揭开的。万一你多嘴多舌,蒙对了答案,反倒扫兴了。

见大家已被调动起来,李师傅非常满意,接着说那个罗马尼亚球员:"他呀,原来是想过来看看,咱守门员到底站的啥位置——要是站在线里头,就是把球抱住也白搭,也算进了。一看,没站球门线上,这才拉倒。你们说,这小子多有心眼儿!"

人们哗的一声欢笑起来。

李师傅并不笑,又说:"他拍守门员肩膀是啥意思?那是英雄敬英雄——我这么厉害都没整进去,你小子真行。"

大家正听得津津有味,老头儿音调一变,眼光又从老花镜上边滑出来:"哎,我的克齿钳子哪儿去了?"徒弟小徐手疾眼快,从工具箱后面一把将钳子捞出来,恭恭敬敬递给师傅。

车煞气人煞气都不怕

老头儿抚摸着钳子,像抚摸一只有生命的小猫小狗:"哎我说,刚才我那么喊,你咋就不吱声呢?"

人们又爆发出一阵哄笑。

老头儿对着钳子,仍一本正经地说,"有钱不置哑巴物,你要再不吱声,往后我就不稀罕你了"。

> 注意:此日记可作为素材,发展成一篇小说,写大公无私的老工人,对资产阶级法权和等价交换的原则深恶痛绝,有人以球票诱惑他办私事,被坚决拒绝。

其实,我跟李师傅的关系,本身就有点"等价交换"的味道。李师傅的工作是修厂里的公车。我的车是私车,按说没资格请李师傅修,但我给他弄过球票,老头儿对我很关照,一来二去,就成了忘年朋友。

朋友明明是这个样子,我却打算写一篇鬼东西,把他"发展"成另一个样子。我不够朋友。

时值1976年夏,"文革"已经10年,处于强弩之末,再有不到两个月,毛泽东就要去世。再有不到三个月,"四人帮"就要被擒。中国人已经不像"文革"初期那样整天处于浓烈的政治运动气氛中,人的天性,人的乐趣渐渐露头。"文革"再厉害,终究压不垮人们对正常生活的渴望。魔鬼的巴掌捂得再严,总有漏光的所在,这个光,就是人性之光。

今天回忆起老李头儿,觉得他有点像森林里那七个小矮人中的一个，长得像，性格也像，善良诙谐，助人为乐。白雪公主在时，他的任务是讲笑话，让小女孩远离厄运，高兴起来。白雪公主离别后，他就和我们这些俗人愉快地相处。

2016年　春
摘录

我的宣传生活

我的宣传生活是1971年亦即"文革"中期,在沈阳一家大工厂开始的。那时我从农村抽调回城,分配到工厂宣传科当干事,主要任务就是编辑出版厂报。那时多么年轻,多么听话,领导让写什么写什么。批判稿写了不少,歌颂稿写得更多,歌颂领袖,歌颂工人,大干苦干,向各种节日献礼。语言贫乏,又不甘贫乏,就乱用词,写过"党的生日彩礼献"的顺口溜,明晃晃地登在厂报上。幸而无人追究:党过生日,又不是结婚,收哪门子的"彩礼"?

我这是不懂装懂。如果懂，即使发高烧也不敢这么说。担忧，内在的恐惧，让我对文字充满敬畏，一少半敬，一多半畏。写稿子，写信，写日记，就算写个便条，内心都绷紧，提醒自己，这些字句落到任何人手中，都不能挑出毛病。文网森严，社会冷峻，以暴力为语言，以语言为暴力，说斗谁就斗谁，哪个写作人敢不加一百个小心。我编了几年厂报，所遇禁忌甚多。别的不说，单是一个词句排列，就让人拘谨得不行。校对报样时，我特别注意查看"毛主席"、"毛泽东思想"这些字词，千万别在转行时断开，断开就是"不敬"，属于"政治问题"。如果不凑巧断开了，赶紧在前面删去几个字或标点，串出位置，把断在下一行的字词请上来。偏偏那时这些词的出现率超高，排版时前后分家的概率因此也高，无意中倒把冗字废话、次要语句的删削能力提高不少，算是一种偏得，一种奇特的收获。仿佛高举"肃静"、"回避"牌子的衙役，既练板脸功夫，又练胳膊肌肉。

避免犯错误的有效途径是随大流，人云亦云。在这方面，空话和套话能帮大忙。这些话何以在中国漫天飞舞,经久不衰？力求安全，安全生产，安全第一，不能不是一个特别重要的原因。与此相伴的，还有惰性、奴性、专制性、反智性、疯癫性，还有假话、大话、诽谤话、谄媚话、效忠话等等。这些因素混在一起，横崩乱卷，胡搅蛮缠，日蚀月腐，有加无已，致使汉语言文字空前受虐、变形，变得凶恶、粗鄙、虚伪、浮夸、矫情、僵硬、无趣、粉饰现实、回避苦难，几乎把汉语诞生以来所有的丑陋都集了大成，成了一个庞大而影响深远的话语言说体系。成亿成亿的人用这样的语言想事、说话、生活，其情其状，唉，不说也罢。

我身在其中，一步步走到今天，做过的蠢事，写过的蠢文，多有所在。比如我在厂报上写过的一篇批林批孔报道稿，今天重读，真是百感交集，堵得慌，闹得慌。这一篇稿子以"本报讯"的形式放在头版头条，地位算是很显赫了。但最显赫的还不是它，是高高在上的，位于报耳的毛主席语录。那时全国的报纸不分大小，一律在报耳刊登毛主席语录，一年三百六十五天，天天不间断。

什么叫"报耳"，顾名思义，就是报头（报脑袋？）旁边，那块非同小可的关键地方。古代订盟约，盟主执牛耳。现代办报纸，主席执报耳。全国那么多报纸，主席哪里执得过来？编辑人员只好不请自来，根据版面内容，代为选用一条语录。这样做，既能保证主席威力的覆盖面，又能使他先前说过的老话一经接触新闻新事，马上产生神奇的、令人敬畏的预见力、指导力和其他种种力。

以我们厂报为例，假如表扬工人改进了刀具，就用"卑贱者最聪明，高贵者最愚蠢"；假如是八一建军节，就用"军民团结如一人，试看天下谁能敌"。这其中，有一条语录最适合企业："抓革命，促生产"，因此被厂报频频使用，有时一连几期不撤换，什么版面用它都行。你报道的内容纵有天大变化，横竖逃不出革命和生产这个如来佛的大手心。

别说厂报,就连车间师傅的工作服,在最显眼的左胸口,印的也是这六个字,用隶书体,红颜料。

当然,报耳总用这一条似乎也太死板,显得咱们好像脑子不好,记事不多,对不起主席的渊博。领导就说,换一条吧。就换一条。登我稿子那天,就没用它,用的是:"共产党的哲学就是斗争的哲学。"

接着说我的稿子,几百字,篇幅不大,当时也没觉得有什么特别,大家都那么写,我也唰唰写出来了。谁知今天一看,竟像某种陈年液体一样,有了一股特殊的味道。我不会说像陈年的酒,我说的是液体。由此,产生了一个念头:把稿子照录在这里,并做一些注解,推陈出新,综合利用,也不枉我当年写它一回。

大打批林批孔的人民战争
向林彪和孔老二猛烈开火

这两行是标题。批林批孔?批香烟批酱油?不对,这个"批"指的不是批发,是批判,在当时是很重的词,跟枪毙差不多,所以又说向他俩"猛烈开火"。

这个标题看起来很大,别说放到我们厂报上,就是放到市报、省报、中央报上,尺码也不会嫌小。事实上,这标题就是我从一家省报上直接抄下来的,借用今天的网络术语说,是直接下载,"荡"下来的。当时厂宣传部订了十多种报纸,我"荡"

的时候，比较谨慎，总是挑外地的"荡"，比如《北京日报》，比如《解放日报》。厂内其他部门没有这些报纸，别人就不容易发现我是在抄袭。

今天看来，我当时有点儿过虑了。对于这两行绝对革命的大标题，你就说你是抄来的又能怎样？你不原样照搬，难道还想篡改不成？譬如"人民战争"，你还能是别的战争？人家是"大打"，你"小打"一个试试？马上把你也给"打"进去，一勺烩了。

以下是正文：

本报讯 彻底砸烂孔家店，挖掉林彪路线的祖坟。连日来，我厂大打批林批孔的人民战争，广大职工紧紧抓住林彪和孔老二妄图开历史倒车的要害问题，向这对黑师徒猛烈开火。

工人阶级是批林批孔的主力军。在斗争中，我厂职工认真学习毛主席、党中央关于批林批孔的指示，学习《人民日报》社论《把批林批孔的斗争进行到底》，掌握批修武器。他们有的访贫问苦，有的用自己在旧社会的苦难遭遇，联系孔丘要复礼，林彪要复辟的谬论和罪行，狠批孔孟之道，狠批林彪路线的极右实质，深挖修正主义路线的老根。到七日为止，短短的几天内，我厂就出现了大批判组五十三个；召开各种类型的批判会八百七十次；写出批判稿三千一百余篇；举办批林批孔展览会七个；有二千七百余人写了大字报；一千七百余人参加了骨干训练。运动来势之猛，规模之大，发展之快，都证明了毛主席最新战略部署已经深入人心。运动中，群情激愤，斗志昂扬，争笔，争墨，争写，争批。有的同志在作大手术前，有的在产假中，有的因公出差前，都坚决要求上战场，口诛笔伐打豺狼。类似这样的情况，在我厂层出不穷。

批林批孔是一场内容极其广泛、深刻的政治大革命。内容决定形式，形式表现内容。广大工人破除迷信，解放思想，创造新形式，适应新形势。他们创造了漫画、顺口溜、幻灯、歌曲等多种批林批孔新形式。通风机车间加工工段的工人，怀着对林彪和孔老二的刻骨仇恨，仅用一宿时间，就画出了四十多幅批林批孔漫画。这些漫画形象易懂，鲜明生动，尖锐泼辣，一针见血，深受群众欢迎。事实充分证明，工人阶级批林批孔最内行。

我厂各级领导努力提高对这场严重阶级斗争重大意义的认识，放手发动群众，带头学习，带头批判，在斗争中做出榜样。厂党委领导×××同志外出开会后，迅速赶回厂内，参加全厂批林批孔大会。他用自己在旧社会"四口之家，一年之内仅剩一人"的悲惨经历，愤怒声讨和批判了林彪梦想倒转历史车轮的滔天罪行，有力地批驳了林彪鼓吹"克己复礼"的极右实质。

重读感受一： 我们那时不容易！我才二十一二岁，胆子本来就不大，下晚走夜道心跳都加速，偏赶上那么个年代，看看那都是什么气氛？又是挖祖坟，又是打豺狼，战场、砸烂、要害、激愤、刻骨仇恨、滔天罪行……真有点儿毛骨悚然，瘆得

怒刻骨仇恨
砸烂罪行

若把今天的孩子放到那时的环境里……

我的宣传生活

慌。若把今天的孩子冷不丁放到那时的环境里，不加过渡，一下子就放进去，十有八九，都得吓得哇哇哭，晚上还得做噩梦。我们那时都在做噩梦。当年毛主席给人的印象，好像别的什么都不做，就是抓路线，抓批判。政治运动一个接一个，哪一个都不好惹，稍不留神就可能卷进去，成为革命的对立面。那时总是批判"资产阶级人性论"，训练大家不要可怜别人，你卷进去就是卷进去了，我们脸色一变，立刻把你从同志变成敌人，再踏上千万只脚，哪儿疼往哪儿踩。

从稿子上看，我厂领导和群众争批争写，表现似乎挺踊跃，其实心里差不多都有害怕的成分，担心人家说自己不积极，进而深挖根源，上挂下连，弄出问题来。在这种情况下，言不由衷，说假话，走过场，做表面文章，诸如此类的做法，就不好避免了。当然有些人说假话不是出于恐惧，而是出于另外一些原因，比如私欲，比如阴谋，那就另当别论。

重读感受二：这稿子是我写的吗？有没有弄错？我现在生活在新的世纪，我和千百万读者一样，喜欢真实、亲切、风趣的好文章，同时对那些惨不忍睹的破稿子嗤之以鼻，不屑一顾。谁知我从前也写过这些东西，人云亦云，听风是雨，大言不惭，装腔作势，套话连篇，怪诞不经，观点可疑，事例虚假……比如这两句："工人阶级批林批孔最内行"，"狠批林彪路线的极右实质"。什么叫"最内行"？不久前，车间里的师傅根据上面口径，刚刚会说，林彪路线的实质是"极左"，睡一宿觉醒来，又让改极右了。师傅特老实，让改就改。难怪有些领导总爱赞叹说，"我们的人民太好了"。

还有，那时一开批判会，就说林彪是想复辟资本主义，这也是笑话一句，中国那么大一个农业国，专制气息呼呼往外冒，哪有资本主义让他复辟。再说，林彪把毛主席抬得比皇帝还皇帝，资本主义，商业社会，好像也不兴这个。

再比如稿子里举的那些数字——"短短的几天内，我厂就出现了大批判组五十三个；召开各种类型的批判会八百七十次；写出批判稿三千一百余篇；举办批林批孔展览会七个；有二千七百余人写了大字报；一千七百余人参加了骨干训练"。这些数字都是从各车间层层报到宣传部的，当时我不假思索，给啥记啥，胡乱加减乘除一番，就罗列到文章中。其实只要稍微动动脑子，就会看出问题，我们厂当时只有三千五百多名职工，花里胡哨一下子出了这么多数字，怎么可能呢？然而，我就是不往深里想一想。

我为什么不往深里想一想呢？

今天，看到媒体上各种学习会、交流会、报告会、总结会列举的种种数据，我常常有一种特殊的感受，衷心希望这些数据拧不出水分来。

重读感受三：惭愧，自责，心情沉重，不好意思用轻佻的语气调侃。同时，对这篇荒诞的稿子竟产生了某种珍惜的心情。为了永远不再写这种东西，我要经常读一读它。

1999 年　春

我的
地震生活

汶川大地震发生后,身在北京的我,常想起33年前的辽宁海城大地震。那时,我在灾区生活了二十几天。重读当年日记,回顾那一段历史,百感交集,恍如隔世,但仍有些东西与今天相连,隔不断。现将这些日记抄出,给读者朋友做参考。抄录时,仅将一处人名隐去,其余皆为原样,一字不易,错谬之处亦不改,在括号内将准确意思标出。每则日记下面的宋体字,是现在写的注解和感想,上面的黑体字小标题,也是后加的。

牺牲后留下豪言壮语

2月15日

我要求上地震灾区参加抗震救灾斗争的愿望终于实现了！当听到这个消息时，我像（一九）六六年临去北京接受毛主席检阅、（一九）六八年下乡接受贫下中农再教育、（一九）七一年入厂临近分配工作时一样，心情无比激动，无比激动！

此次斗争，是党对我的一次严峻考验，同时也给了我一次极好的锻炼机会。我是一名共青团员。党给了我一切，我要将一切献给党。我决心做到：

一、认真学习毛主席关于无产阶级专政的理论，学习四届人大文件，学习灾区人民自力更生、重建家园的革命斗争精神，并将其化为我前进的动力。

二、坚决服从组织决定，党让我干啥，我一定干好啥。我要抢着干最险、最难、最脏的活，要把方便、安全、舒服让给同志们。一句话，我要豁出一切，支援灾区。必要时，就是献出生命，也在所不惜！

在大风浪里学会游泳。

在防震斗争中增长才干！

海城地震发生于1975年2月4日19点36分。当时，我23岁，任沈阳鼓风机厂政治部宣传科干事、厂报记者。

沈阳距海城128公里，震感强烈，许多人不敢回家，在寒冷的街道上过夜。此后多日仍不消停，大家在屋里倒竖着啤酒瓶子，一有动静，马上跑到外面。

我多次申请赴海城救灾，于震后第十一天获准。

日记是写给自己看的，但这一段的救灾日记却仿佛为别人而写，此篇尤其像是当众表决心，甚至有某种"表现"的意味。这个"表现"，并非嘴上说的一套，内心想的又是一套。应该说，那时我内心想的，大体也是说出来的这些，只是不愿埋在肚子里，因此慷慨激昂地写出来，既是鼓励自己，也是希望，悄悄地希望，有朝一日，最好是成为先进人物甚至光荣牺牲以后，让上级领导和总结事迹的人有豪言壮语可引，有成长脉络可寻——刘齐这小子，之所以有今天，绝不是一时冲动，偶一为之。

我在日记中的抒豪情寄壮志，由来已久，最早可追溯到小学时期，学雷锋，做好事。

"文革"年代，又赶上大地震的非常事件，一个深受时代潮流浸淫的年轻人，情感虽是真的，却用了当时的流行句式和套话加以表达，而且特别爱用惊叹号，不好意思，请读者朋友容忍。

将日记录入电脑时发现，有些套话"生命力"很强，以至潜入了21世纪的电子字库，轻敲几下键盘，就能迅速现身，"全须全尾"地"复活"。

随时准备当英雄

2月16日

今天奔赴灾区。

上午十时一刻出发。吉普车开到鞍山时,我们便看到地震造成的灾害——铁西广场几幢危楼的断壁残垣,一些建筑物的蛇样裂缝,东倒西歪的电柱……然而人们的精神面貌却是振奋的。他们坚守岗位,秩序井然,正在向地震作坚决的斗争。

车越往南开,地震所造成的危害越重,人民群众的斗争精神越强,革命干劲越大。车过海城不久,便从哈大道向东拐,经东柳,过西柳,最后到达此行的目的地——感王公社东感王大队。

灿烂的阳光下,一面鲜艳的五星国旗迎风猎猎招展。扩音器正在播送上级通知:"今天下午三点至五点有较大的地(余)震。"然后,又开始播送坚定有力的革命歌曲。

我们马上就看到了我厂支援灾区工作组的组长慕殿春,成员田红星、王书香、苏雨清等同志。四日地震以后,他们就陆续来到这里参加斗争。从今天开始,我就要和他们并肩作战了。我的心头热潮翻滚。

老慕带着新来的同志参观了青年点、大队部和几家五保户。

东感王大队是四日强烈地震的震中地区,受灾程度较重。全大队一千四百九十一人中,死亡七人,重伤六人,房屋倒塌极多。大自然在向这个粮产过"长江"的先进大队挑战了。

广大共产党员、共青团员、贫下中农和革命干部是真正的英雄,他们正在经受一场极其严峻的考验。在这场斗争中,涌现出不少动人的事迹。大队治保主任谢庚阳同志在地震时不顾个人安危,冒险进屋,不搬贵重物品,不抬粮食衣物,只用最快的速度,从柜里拿出国旗,贴在胸口,奔出家门。他事后激动地说,什么最贵重?什么最有用?就是她——我们的国旗啊!这就是我们的心肝宝贝!

一个同志指了指队部门口的红旗,告诉我,这就是老谢冒着生命危险抢救出来的。啊,我下车第一眼看到的,不就是她吗?她光荣地飘着,骄傲地飘着。作为无产阶级专政的社会主义祖国的象征,她怎能不光荣?作为英雄人民的心肝宝贝,她又怎能不骄傲?

说灾区人民是英雄的人民,一点都不言过其实。现在地震还在继续,脚下余震颤颤巍巍,建筑物摇摇晃晃,可人们全然不顾,他们豪迈地宣布:"天塌地裂撑得住,泰山压顶不弯腰。重灾面前不低头,强渡'长江'志更坚!"现在,他们几乎送完了粪,选完了种,正在进行其他的春耕准备工作……

青年点的四十八名知识青年地震后没一个人回城,全都坚守战斗岗位……

有的队干部、有的民兵战士,为了防震救灾,几天几夜没合眼……

上述事例,在东感王,在海城,在整个灾区多得不胜枚举。毛主席、党中央慰问电的精神正在深入人心,正在发芽、开花、结果……

工作组驻地是木板和油毡纸搭起的简易小房,座(坐)北朝南,十几平方米大小,北面一溜板铺,南面是桌椅什物,地当央生着火炉,朴素实用,别有风味。

我们正在吃晚饭，房子晃了起来，有人毫不在乎地说，又震了。接着便又吃饭。

傍晚，和大王到八队赵队长家（较困难）了解灾情，又震了，较厉害，大约有六级左右，然而人们仍是毫不在乎。

然后在大队门口的空场上看电影《创业》，又震了。

就是此时躺在床铺上记这篇日记时，又震了。

我、大王、小田三人穿上衣服到外面巡视一趟，堡子里安静得很，劳累一天的人们全然不理睬"震魔"，放心地躺在防震窝棚里睡了。

街上，持枪民兵却警惕地巡逻。我们又踅（折）回驻地。到大队部（在我们隔壁）待了一会。大队干部和几个搞宣传工作的小青年还没睡觉，他们正在研究明天的工作。

这，就是我第一天的印象，多么感动人，鼓舞人，激励人哪！

史料记载，海城地震为7.3级，震源深度16公里，震中烈度9度强，波及人口密集的六市十县，有感半径达1000公里。由于事前作了成功的预报，10余万人的生命获得拯救，遇难者仅有1020人（包括震后火灾烧死的481人），占全地区人口0.016%。在世界历史上，对7级以上大地震成功进行预报，辽宁海城这次，尚属首例。

不知何故，这次汶川大地震，舆论很少提及海城地震预报成功的先例，反而一再强调地震的复杂性、不可预测性。

事有凑巧，海城地震一年半以后的唐山大地震，距唐山市仅115公里的河北省青龙县，也成功地进行了预报，因此，巨大的灾难来临时，当地百姓竟无一人伤亡，被誉为青龙奇迹。可是事后，出于种种原因，有关部门对这一成功预报的突出事例，反应却极为低调，用行政术语说，是淡化处理。同样，对有关责任部门和领导，其处理依然淡化，无人问责，也无人向受灾惨烈的民众说声对不起。为什么不说？是认为不值得说，还是怕从此开了口子，让人们引以为例？

"中央慰问电"，从网上搜出全文如下：

辽宁省委、革命委员会、沈阳军区、辽宁省军区并转海城、营口等地震灾区的各级党委、各级革命委员会、广大人民和人民解放军指战员：

1975年2月4日，海城、营口等地区发生强烈地震，使当地人民的生命财产遭受很大损失。伟大领袖毛主席和党中央极为关怀，向遭受地震灾害的广大人民致以亲切的慰问。中央相信，用马克思主义、列宁主义、毛泽东思想武装起来的灾区广大人民和人民解放军指战员，一定会在十届二中全会和四届人大精神的鼓舞下，在辽宁省委、辽宁省革命委员会、沈阳军区和当地党委的领导下，在全国人民的支持下，发扬艰苦奋斗的革命精神，奋发图强，自力更生，发展生产，重建家园。中央号召灾区的共产党员、共青团员、工人、贫下中农和人民解放军指战员，团结起来，普及、深入、持久地开展批林批孔运动，向自然灾害进行斗争，下定决心，不怕牺牲，排除万难，去争取胜利！

中共中央
1975年2月5日

一纸慰问电，短短300字，尽管仍不忘让灾区批林批孔搞运动，但还是起到了相当鼓舞人心的作用——它是来自北京毛主席那儿的声音啊！故日记中说，它是"毛主席、党中央慰问电"。毛主席在党中央里面，但官方规定的顺序是，毛主席必须单挑出来，排在党中央前面。我写私人日记，亦照此行文。

当时在内心深处，还有一个想法没有写出：毛主席最好能来灾区走一趟，"他是人民的大救星"，人民有难，他正好来救。赶巧了，还能见上一面，9年前在北京见过一次，远远的，逆光，不清楚。也知道毛已年过80，但报上一直说他红光满面，非常健康。在众人心中，他是神，是太阳，太阳是不会衰老的。毛主席实在来不了，那就周总理来。1966年邢台地震，他就去慰问了。作为一个外省青年，当时我无法得知，周恩来已罹患重病，去日无多。多年后，见宋平回忆文章中有这样一段记载：

辽宁海城地震后，中央立即组成以华国锋副总理为团长的代表团，前往灾区慰问。慰问团出发后，我将慰问团的名单报告给总理。总理阅后指示说，中央慰问团要增加吕正操，并且担任副团长。总理说:吕正操同志是辽宁海城人,让他跟群众见见面,并发表讲话,然后发个消息,以恢复他的名誉。之后,我向有关方面、有关领导传达了总理指示,并请空军派专机把吕正操送到辽宁海城与中央慰问团会合。这种做法达到了非常好的效果。(见《中华文摘》刊载的《"晚年周恩来"三人谈》)

中央代表团的副团长除了吕正操,还有李素文、陈绍昆、詹海英,吕排在陈和詹之间。

救灾前线的气氛是紧张的,充满激情和意外感的,我也热血沸腾,随时准备献身,随时准备当英雄。

"天塌地裂撑得住,泰山压顶不弯腰。重灾面前不低头,强渡'长江'志更坚!"是海城县委提出的抗震救灾口号。

粮产过"长江",指亩产达到400公斤以上,是当时中央对农业生产规定的三个目标之一。另两个目标分别是:"纲要",亩产200公斤;"黄河",亩产300公斤。今天的农村,粮产已大大超过了当年。以玉米为例,一般亩产在650公斤以上。袁隆平院士研制的杂交水稻,亩产更是高达900公斤以上。

海城地震灾区的民众,是受灾的主体,也是救灾的主体,确实值得敬重,尽管那时的意识形态和社会政治经济环境很差。不论什么时候,踏踏实实干活的,总是默默无闻的百姓。

《创业》,以大庆油田为背景的故事片,当时刚刚上映,颇受好评,不久又遭批判。我去北京出差,听一位编辑说,姚文元真有两下子,《人民日报》准备发一组文章,总标题:

《赞〈创业〉》,姚大笔一挥,改成《评〈创业〉》,一字之差,味儿全变了。

"持枪民兵",枪,不是因为地震现发的,原来就有。那时强调"全民皆兵",非军事单位一般都备有枪械若干,供民兵训练之用。印象中,当地民兵使用的多是旧枪,甚至有日军的"三八大盖"。

不许说黑暗面

2月17日

和苏、田、王三同志分别调查全大队八个生产队房屋的损坏情况。地震造成的损坏程度是严重的:有的房子一颓到底,破砖碎瓦中横躺竖卧着大梁和檩子;有的房顶开了"天窗",房山通出"旁门",房架七倒八歪;有的瓦片成群脱落,墙壁大面积龟裂。据初步统计结果,全大队三百多户人家中,房屋完全损坏、严重损坏和局部损坏的各占百分之三十有余,而略加修理便可复原的房屋简直廖廖(寥寥)无几。

而这些情况仅仅是现在的情况。倘若再遇大震,或今后刮大风下大雨,则肯定还会加剧房屋的损坏程度。

这是灾区吗?对这个问题似乎一点头即可算是圆满的答案。但如果真的只有这么一点头的话,那就容易做形而上学的朋友了!

要知道,这灾区是在新中国而不是在旧中国和资本主义国家;灾区人民是英雄好汉而不是懒汉懦夫,他们依靠的是马克思主义的唯物辩证法而不是唯心论和形而上学，这才是问题的关键所在！

唯物辩证法告诉我们，世上绝无克服不了的人间困难，在一定的条件下，正像冬天可以变成春天那样，坏事完全可以变成好事。旧的坛坛罐罐打碎了，正好重建新家园，农田震松了好种地，旧房基炕洞土可肥田。灾区人民在马列主义、毛泽东思想的指引下，自力更生，艰苦奋斗，发展生产，重建家园，做革命的转化工作。

我们在挨家挨户搞普查时，路过六队暖窖，六队于少春队长邀我们参观参观这集体经济的产物。我一进去，眼镜立刻被扑面而来的暖气蒙上一层雾。擦完镜片一看，喝！好大的气派，好漂亮的场面——宽十米、长二百米的暖窖内，长满了嫩绿的韭菜和青翠的黄瓜。再闻闻那股浓郁的春天气息，简直可以醉倒饮酒如水的海量者！

出了暖窖，虽然又被刺骨的寒风包围起来，但我们仿佛看到比刚才更强烈的春天景象，闻到更浓烈的春天气息——那不是吗？鞭花声脆，车把式正在送粪，铁锤叮当，社员们正在修房，他们全都在撵（走）冬天，迎新春，将坏事，变好事……

"坏事完全可以变成好事"，说得轻巧。生活中，有些坏事可以变成好事，有些却变不了，怎么使劲也变不了。人死了，这个坏事怎么变？对死者是坏事，对别人是好事？坏了几个人，好了大家伙？全大队死亡7人，重伤6人，日记里怎么一点悲痛感也没有?

当地受灾最重的,是海城县招待所,这座当年海城最大的建筑物,其主体建筑的楼角已经震落,两侧的翼楼完全坍塌,成为一堆钢筋水泥的废墟,吞噬了几十条生命。在来感王的路上,我曾亲眼目睹其惨状,印象之深,今天还不能忘怀。但日记中却只字不提,奇怪。

"旧的坛坛罐罐打碎了,正好重建新家园。"多么豪迈,敢情你刘齐光棍一个,全部家当远在沈阳独身宿舍的床铺上,毫毛未损。所以你站着说话,不嫌腰疼?

当然,我这么写,也是有所遵循、有所忌惮的。当年上面钳制舆论,规定了无数"宣传纪律",这也不让涉及,那也不让报道,禁令重重,动辄得咎。

那还怎么下笔?怎么宣传?

有关"精神"指示说,要"正面宣传",确切说,按上级需要的那个"面"宣传,亦即宣传胜利,宣传英雄,宣传大好形势。不许说消极面、黑暗面,不许说悲痛之事,即使有了悲痛,也得赶紧用"大好形势"遮盖起来。出多大的事,死多少人,到了最后都是胜利,从胜利走向胜利。

此前,"文革"初起时,江青审查电影,就一再强令,不准反映战争的残酷,不准哭哭啼啼,悲悲切切,凄凄惨惨。江青的话就是法律,甚至比法律更"法律"。在严厉的意识形态和官话、套话的支配下,人们似乎变得很坚韧,很阶级,很麻木,生命的尊严,人性的悲痛,都被有意无意地遮蔽了。

当时不兴民众捐款,国际救援、民间组织和志愿者的救援更是闻所未闻。

抗震救灾、重建家园、自力更生、艰苦奋斗等口号,传下来了,沿用至今。

"暖窖",即今日所说的反季节蔬菜栽种温室,俗称塑料大棚。感王地区经济比较发达,温室蔬菜种植全国闻名。近年创办音像市场、黄金市场,尤为引人关注。现为全国百强县之一。

小角色像领导一样说话

2月18日

"钦差大臣忏悔录"

前天下晚和大王到八队一个队长家做工作。此人是在地震后撂挑子的,我们动员他在关键时刻,站出来继续工作。

暗淡的烛光下,他晃着脑袋说:"不行呀,我太敢管事,得罪了不少人。尤其这回放救灾物资,那些私心重的人太挑眼,诚是难干哪!"

队长夫人也帮腔:"姆们那口子见到不对的就顶就撞,仇人也忒多啦。"

当时我脑子一热,不假思索地说:"这怕什么,我们为毛主席革命路线工作,就要管得宽些才对。你就大胆干吧!"

队长听罢嘿嘿笑了。我以为我的演说获得了成功,心里很甜。

然而今天上午得知，这个队长在队委会上，当着公社宣传队和我厂工作组同志的面，公开辞职不干了。我心里很觉奇怪。

傍晚，在公社宣传队驻地军用帐篷里，我才解开了这个疙瘩。原来我被"泡"了。

根据宣传队同志有理有据的介绍，我才知道，那个人那天晚上说的通篇都是谎话。什么敢说敢管，分明是独断专行；什么得罪了私心重的人，分明是遭到广大贫下中农和知识青年的反对；什么（发）放救灾物资，分明是趁火打劫！

他过去就损公肥私，干过不少坏事。重灾面前，自己利用职权，多得多占救灾物资不算，还用自己的旧帽子偷换了一顶新棉帽……

咳咳！我太浑了！刚到东感王没半天，就当了极其可恶的"钦差大臣"！下车伊始，哇哩哇喇，自以为是，其实最愚蠢。这是到灾区后的第一个教训。

幸好，我当时尽管主观上相信那人的谎话了，但话说得还不多，还没给党的工作造成不良影响。但是，如果今后朝这条道一个劲地跑下去，不去做艰苦细致的调查研究，不去认真分析判断客观情况，不去虚心听取大多数群众的意见，那么，肯定会再当"钦差大臣"的，而且，是更大的。如果真要是那样的话，那我也真该杀千刀了！

"诚是难干哪"，"诚是"，当地方言，"真是"、"特别"的意思。

"姆们",亦为当地方言,意为"我们",也有写作"吾们"的。北京一些老居民,也爱这么说。

"泡",其含义,跟今天的流行语"忽悠"差不多,都是东北人爱用的字眼儿。

"钦差大臣",尽管用了引号,仍显荒诞,让今天的我很不自在。就你,也配?

"这怕什么,我们为毛主席革命路线工作,就要管得宽些才对。你就大胆干吧!"是什么,让我一个毛头小伙子,面对年长的农村干部,口气如此之大,之官腔,之居高临下?短短几天之前,我在沈阳工厂里,还是个微不足道的小角色,听人支使,受人摆布,怎么突然之间,就像领导一样说话了呢?

原因无它,我是上面——下面永远摸不着头脑的上面,派下来的,是城里的,吃皇粮的,我所在的救灾工作组或曰小分队,具有某种政治工作队的凛然色彩,我这颗小小的螺帽或垫圈,已被组合到一架庞大的机器当中。

从这个意义上,说我是"钦差大臣",也不算太离谱。

"他过去就损公肥私,干过不少坏事。重灾面前,自己利用职权,多得多占救灾物资不算,还用自己的旧帽子偷换了一顶新棉帽……"该段落层层加码,不断"递进","递"到最后,竟"递"出一个今天看来分量最轻的棉帽事件,可笑。是我的表达出了问题,还是那时的价值尺度使然,认为旧帽换新帽就是最严重的问题?该人"多得多占"的其他物资不详,无从比较了。

还有一件事,现在看来比较蹊跷。那人如果真有问题,继续当队长应该是一个合理的选择,可以增大保护力度,更容易遮掩自己。实在不想干了,风头过了也不迟。而在关键时刻当众辞职,激起反弹,让愤怒的上级和被他得罪的"不少人"就势整理材料,收集罪状,无论如何也是不智的举动。

是不是违逆上意,不干了,才引出这么多问题?假如继续干下去,就仍是好官一个?

或者,他果真问题多多,不但贪婪,而且愚蠢,愚蠢得昏头昏脑,不按常理出牌?宣传队的评价连同我的记述,句句是真,一点都不冤枉他?

时过境迁,找不到确切答案了。

玄天暗地硬邦邦

2月19日

和大队党支书宋连弟深夜促膝长谈,谈如何在抗震救灾中深入学习毛主席关于理论问题的重要指示,谈怎样在战天斗地的战役中加强贫下中农理论建设,谈感王的今昔和未来。时钟敲了二(两)下,我们才入睡……

两个大活人,既不是学究,又不是二杆子,深更半夜,点灯熬油,不可能只是谈些豪迈的、硬邦邦的、玄天暗地的东西。按人性和常理,应该还谈些软性的、活泼的、更像人话的话题。"感王的今昔和未来"几个字里,可能就包含不少灵动的内容。

可惜，都被我给活生生地概括掉了。

只能叫女同志

2月20日

大队成立报道组，八个小队各选一名报道员，都是青年人，知识青年和女同志占了大多数。大家决心好好干。

"女同志"，该称谓何其严肃、严明、严峻。其实，都是十八九岁活泼好动的可爱之人。今天，我们或可愉快地称之为女孩、小姑娘、小妹妹、妙龄女郎、美眉、美女、青春美少女。但那时不兴这么叫，女孩？美女？你什么意思？打算干什么？反了你了！三大纪律八项注意第七条是什么来着？

因此那时，只能叫女同志。

那时，只能叫女同志的这些花样女子，装束也不能随意展现曲线美、婀娜美，只能裹着一两种跟男人打扮差不多的衣衫。

多年后，我在大学读俄国车尔尼雪夫斯基的著作。车翁是革命导师肯定的美学家，他推崇的女性美，皆是面孔红润、骨骼粗大、健壮有力。此类女子形象，无法登昔日俄罗斯上流社会的大雅之堂，也无法登今日中国时尚杂志的封面，但在当时中国的美术作品中却很常见。

露楦头

2月21日

和大王到一队参加劳动——刨粪。社员用石头磙子做成大锤砸冻粪。大锤有五十余斤，身强力壮的小伙子一次只能抡个七八下。

大王膀大腰园（圆），力大无比，绰号叫"坦克"，他憋足劲，一抡十几下，大家都夸他能干。

我也抡了几下。不抡不要紧，一抡露楦头，把我过去不加强思想改造和劳动锻炼的弱点暴露了。

"露楦头"，东北方言，意为露馅，或者露怯。楦头，制鞋、制帽时用的木头模型。

"大王"，王书香，鼓风机厂保卫科干事，复转军人。我俩身高差不多，都是一米八几的大个子。不同之处，我比较像竹竿，他则是矫健异常的壮汉，有点像虎背熊腰的当代演员申军谊，尤其像申军谊扮演的青年土匪钻山豹。

书香大哥生性诙谐，爱开玩笑。他跟我开玩笑的方式：紧捏我的掌骨，发力，让我唱"哎呀歌"。

我跟他搭档得很融洽，他是力量型的，我是……我刚想说我是智慧型的，又觉不妥，事实上，他也很智慧。也很？也？还是想说自己智慧。

公路更安全,砸不死

2月22日

参加局指挥组召开的讲用会,市委孔常委、局王主任和公社党委书记刘力同志都讲了话。

刘力是二十五岁的青年女干部,是一九六八年从鞍山来的下乡知识青年,经几年农村艰苦斗争的锻炼,显得很干练,很泼辣。这次会上,她讲得极好,首先用极生动简练的几句话概括了我局防震抗灾工作队二月六日以来的工作情况,称之为马列主义、毛泽东思想和中央慰问电的宣传队;防震救灾的战斗队;组织、发动、武装群众的工作队和战天斗地的突击队,给予了很高的评价。然后,又提出了一点希望:希望我们留下一支永远不走的工作队。刘力同志解释说,沈阳派来的支农工作队对农村帮助极大,贫下中农和广大干部从工人阶级身上学到了许多宝贵的东西。通过这次救灾,也可以给农村轮训一批干部,故称之为留下一支永远不走的工作队。含义极其深刻。好。

晚,天气晴朗,月明星稀。公社通知,今晚又有较大地震。小分队分头下去告诉社员撤离旧房区。我和×××一伙沿公路南巡,行至东,再绕到北,乃归。×××说:"在公路上更安全,砸不死,咱俩没事……"

"局",指沈阳市机电工业局。我厂按当时说法,是全民所有制大中型企业,"文革"前归属第一机械工业部,"文革"中划归地方,由该局管辖。

"市委",指沈阳市委。

"孔常委"、"王主任",官如流水,多且易变,难以查到全名了。

刘力,我觉得,如果她今天还是一方领导,仍然会显得很干练、很泼辣,发言时也会与时俱进,换上新的语言。她衣着朴素,长得也朴素。类似的知青典型,比如柴春泽、吴献忠等,"文革"结束后均遭免职审查。不知刘力命运如何,现在做什么呢。

"×××",是我唯一使用代号的一处记载。真名隐去了,记录的却是原话,是说话者人性的真实流露。

当时我很吃惊,认为是一种胆怯言论,是只顾个人安危的表现,因而对他产生了"看法"。但我没有反驳,事后也没跟任何人透露。这是×××私下讲的体己话,他没拿我当外人,我也不能不讲"义气"。"义气"之外,还有私心:我正在要求入党,党员们的首肯和支持非常重要。救灾工作组只我一人不是党员。即使我不怕得罪党员,将此事无情地、大义凛然地汇报上去,两人之间的言论,没有旁证,也未必有结论。

整个救灾过程中,×××的表现一直很好。那晚之后,他再未跟我谈及类似言论。

救灾事迹有固定模式

2月23日

上级要求,各单位要写出反映灾区大好形势和人民英雄事迹的材料，于近日回沈报告。为了了解全面情况，上午我到局里了解他们写的材料。深深被社会主义制度的优越性和灾区人民战天斗地抗震救灾的革命精神感动，再一次决心：为抗震救灾斗争豁出自己的全身肉、满腔血，生命不息，战斗不止！

前几天，觉睡得太多了（平均六小时左右），从今天开始，要再减它一小时，用来抓紧学习，抓紧工作，抓紧斗争！

余震尚在示威，灾云还未散尽，上面就传下令来，布置整理事迹材料，准备报告"大好形势"，一叹。

不知是否从那时开始，救灾事迹材料一般都具有一些固定的模式，比如感恩模式、歌颂模式、胜利模式、回避悲伤模式、形势总是大好模式，等等，久而久之，习焉不察。

"生命不息，战斗不止"这8个字，记忆中，最先是1969年3月中苏珍宝岛边境冲突之后，由军队提出来的。有一幅著名的宣传画，画着一个头缠绷带，手持56式自动步枪的士兵，怒目喷火，从雪地树丛中跃起。画的下方，醒目地标着这8个大字。

由上帝装罐发给年轻人

2月24日

今天帮助东感王大队编印了他们有史以来的第一份油印小报。我帮助他们给这份"土报纸"起了个名称："冲锋号"，并写了创刊词——《吹响抗震救灾的冲锋号》。

我的地震生活

参加编辑出版工作的下乡知识青年王琴、王德希、邹志阳、何军干劲冲天。他们决心和广大贫下中农一道战天斗地，抗震救灾。同时，抓好宣传报道工作，使《冲锋号》像解放军的冲锋号激励战士冲锋陷阵、奋勇杀敌一样，鼓舞群众勇往直前。

第一次刻小报，几个小青年手劲不匀，有轻有重，花了几个小时，好歹刻出来，一上印机，却不下墨，或下墨太多，印废了。但大家毫不气馁，鼓舞斗志，再刻新的，终于如愿以偿了。

对此，我深受感动，这些小青年太好了，要好好向他们学习。

我在厂报工作，适合帮助当地办报。厂报，属于今天所说的企业文化范畴。那时很难有独特的企业文化，天下似乎只有一种文化，只要掌握了这种文化及其表达方式，办什么报都方便。

厂报是铅印的，《冲锋号》是油印的。

电脑和打印机问世之前，油印机是中国常见的一种办公用具。其配套设备是打字机，用不起打字机的，用人手，在钢板上铺平蜡纸，拿铁笔一笔一画地刻字。没刻字的地方厚，刻字的地方薄，刻完了，将蜡纸贴到油印机的金属网面上，用油辊子一滚再一滚，就将字迹漏印在一张又一张白纸上。

倒退几十年，我的这番介绍，仿佛逢人便说，火车是在铁道上跑的，纯属废话。

我当过知青,回城没几年,对知青有一种天然的情感。跟当地知青一同办报,喜欢他们,感激他们。大家的天真、淳朴、美好、困惑、激情、轻信,混在了一起。没有特意混,这些青春的元素,成长的汁液,原本就是由上帝混装成一罐,发给年轻人的。

《冲锋号》太小,太不起眼了,别人也许不屑,我却很看重,尤其是第一次写创刊词这种开张文字,感觉十分庄重。

能想出《冲锋号》这个名字,非常得意。你是多么的响亮,昂扬!藏在库中无人识,让我拣出来,嘀嘀嗒嘀嗒。

日后得知,德国纳粹有个组织叫"冲锋队",联想到我们的《冲锋号》,感觉不爽。不久又释然了——纳粹他们有宣传部,咱也有宣传部,我在宣传部工作,没谁说我是德国鬼子。

元宵比口号长命

2月25日(正月十五)

官书记今天从沈阳前来看望慰问,他说:家里的同志如今干劲十足,决心以增补欠,支援灾区。并希望我们好好干!

他还给我们带来了元宵、豆油、饺子等食品和文具纸张。我们小分队的同志都极受鼓舞——家里这样大力支援我们,我们就更要好好向灾区人民学习,好好为灾区人民服务了。

转眼到灾区工作十天了。在这期间,我最爱学的是毛主席的伟大教导:"保持过去革命战争时期的那么一股劲,那么一股革命热情,那么一种拼命精神,把革命工作做到底";我最爱读的是灾区人民的豪迈誓言："天崩地裂志不移,泰山压顶不弯腰,重灾面前不低头,强渡'长江'志更坚";我最高兴的事情是能同灾区人民并肩作战;我最大的收获是从灾区人民身上开始学到了大无畏的英雄气概和艰苦奋斗的革命精神。

灾区的形势真是好得很哪!

灾区人民真是我的难得的好老师啊!有诗为证:

抗震救灾战旗红,

歌声压过地震声;

英雄人民英雄志,

顶天立地力无穷!

我们在火线作战,我们一定要打胜仗。

"官书记",沈阳鼓风机厂党委副书记官永珍,时年五十七八。

今天重读此篇,吸引我眼球的,不是那些慷慨激昂的口号,而是厂领导带来的元宵等食品。物资短缺年代,有元宵和饺子吃,是大好事。在此之前,中央赴海城代表团团长华国锋指示,要给灾区群众分发面粉猪肉,让大家过年吃上饺子。

豆油更是稀罕物。当时全国城镇居民每人每月仅五两食用油。沈阳军区所在的东北地区,供给尤其少,黑吉二省每人四两,说是省出一两支援全国。但他们还算幸运,店铺里偶尔还有麻花等油炸食品可买。他们的近邻辽宁,每人每月只有区区三两油。民众啧有烦言,便给当时的负责人起名"×三两",

认为他为了"表忠心",不惜让百姓受苦。据说"文革"后,该负责人对此予以否认,但究竟是谁所为,至今弄不清楚。成绩件件有主,错误没人担当,不知算不算咱们的一个"传统"。

救灾小分队的伙食不错,细粮很多,菜也有油水,平素我在清汤寡水、严格凭票证供应的工厂食堂,难得吃上,因此很珍惜。"家里这样大力支援我们",什么都舍得拿出来,实属不易。

强渡"长江",指粮食亩产达到400公斤以上,是当时中央对农业生产规定的目标之一。

其余记载,笔法呆板,空话、套话一句连着一句,不好意思。灾区人民的确可歌可泣,但你也不能总喊口号呀。

口号寿短,元宵命长。

当初,不如多记点具体的、形象的东西,哪怕说说老乡家元宵节吃些什么,盖的啥被褥,烧的什么柴,也比空话有价值。但那时对这些细节,对这些本真的东西并不看重,想都不想,即使想了,也不肯多写,怕说革命性不强,见物不见人,见人不见精神。

今天,"精神"倒是还在这儿摆着,但读了会是什么感觉?

还有,今天我写的这些文章,会不会像当年的日记那样,随着时间的流逝,越来越干巴?

还用等时间流逝吗?你现在写出来的,可能就挺干巴了。

那该怎么办?

这儿有一个"条幅":

> 理论是灰色的,而生活之树常青
> ——书赠刘齐先生,祝你早日写出好文章。哥德

歌德老前辈,您的话太精彩,我一时忍不住,把它伪造成您给我的题词。

一将军就擩将

2月26日

三队队长宋云生,今年二十五岁,长得结结实实,说话慢头(声)细语。虽然只读四五年书,但千万别小瞧,真不简单哪!

头晌我和苏雨清同志找他研究小队今年抗震救灾和生产的打算时,就被他惊呆了。面对灾情,年轻的宋队长心里很有谱,他告诉我们,今年有两大关键,一是生产,二是住房。这两者是对立统一的矛盾结合体,丢了哪头也不中。但生产在里头却是矛盾的主要方面,要抓住不放!今年我们不但要响应大队(产量)"超千万"的口号,而且还要"长江"加"纲要",力争亩产超过一千二百斤。

我边听边在心里称赞他的高明见识。

"但光抓这些还不行,还得有纲,这纲就是学习毛主席最近对理论问题作的指示。"宋队长提纲挈领,作结论式地说。

我心里更服了，连连点头称是。

当下我们就"碰"妥了一个安排意见，当晚便开始举办理论骨干学习班，学习毛主席关于理论问题的重要指示。

作为临时队部（此地叫场所）的军用帐篷里的稻草堆上，七八个青年人团团围坐在宋队长身边。

团支书富秀荣先讲了一下理论学习班的宗旨。苏师傅和我接着讲了当前贯彻五号文件、学习无产阶级专政理论的极端重要性。

然后，宋队长开腔了，还是那样的不紧不慢，可话语里却含着坚强的决心和强大的号召力（或感染力）。

他说："毛主席最近教导我们，要学好无产阶级专政的理论。这是极其重要的指示，我们一定要深刻领会。主席讲，'无产阶级中，机关工作人员中，都有发生资产阶级生活作风的'。我们是农民，小农经济思想使我们'坐起根'眼光就不如无产阶级远大，那就更容易发生资产阶级生活作风了。所以，我们一定要好好学习毛主席的这一教导，结合眼下的抗震救灾，把学习抓好。"

说到这里，宋队长用眼光扫了一下全场人，把手里一根稻草用力拽折，说："学理论不是容易事，但我们不能一将军就擓将，一定要顶住才行！为了搞好学习，咱订个制度好不好？"

大家齐声赞同。宋队长说，"第一条是认真学习，遵守学习时间；第二条是理论联系实际（一定不能搞那些虚头巴脑的名堂），积极发言；第三条是坚决完成小组交给的一切任务。这三条咱就叫学习约法三章吧！"

一个小青年伸伸舌头，顽皮地说："不遵守还犯法吗？"

"当然犯法了！"宋队长毫不动摇地说，"新宪法规定：全国人民都要学习马列著作和毛主席著作，不学习怎能叫守法呢？"

没有一人对此表示异议，约法三章就这样通过了。

最后，宋队长一反慢言细语的习惯，大声迅速地说："我们就这样定了，从今天开始，大家都要认真学习。今年是我们不平凡的一年，我们一定要在毛泽东思想指引下，夺（取）胜利！"

散会了，人们踏碎月光，结伴回家，欢歌笑语声荡漾在堡子的夜空上。

我对宋队长说："今晚你讲得太好了，我真受教育啊！"

他不动声色地走着。

我又问："你每天都在学习吧？"

他还是不搭话。富秀荣接过来说："嗬，他不但学习，学得还挺深呢，不管多累、多晚，他都要看哪！"

我情不自禁地说："太好了，真值得我们学习啊！"

宋队长却只轻轻哼了一声。饶舌的富秀荣又说了："你可别夸他，他最不高兴这样，他最愿意听批评了。"

就这样，我们默默地分手了。我心里想：在这一段救灾工作里，我一定要多接触他，把他身上的好东西全都学过来。

"无产阶级专政",其实是由"代表""无产阶级"的极少数人,"专"大多数人的"政","专"了一通还嫌不够,于是百尺竿头更进一步,提出"全面专政"的概念,即不但在其他方面,而且在意识形态领域,在肉体的手伸不进去的脑壳里,也要实行专政。"无产阶级专政理论",其重点,是向人民强调这种专政的"必要性"。

"坐起根",方言,换成社论语言是:"从根本上说","从初始意义上说"。

抗震救灾和春耕生产千头万绪,人们却坐下来学习所谓的理论。私下里,东北老百姓对这一类现象有个朴素说法:"净整些没用的。"

当时传达了很多最高指示,没有一条提到海城地震,主要是防备资产阶级,大人小孩,工农干群,谁都得防。可是,农民怎么会有资产阶级生活作风?他天天在地里干活,上哪儿去接触那个生活、那个作风?可是上面提出来了,大家就得跟着嚷嚷。面对如此煞有介事的场面,今天的年轻读者,说不定会笑出声来。

但无论如何,我对宋队长还是非常佩服的。看得出,他很精明,知道如何对待或对付上头,遇事"拎得清",革命和生产(现在改为精神文明和物质文明),你要啥我给你啥。口才也不错,既有条理,又有"坐起根"、"不中"、"一将军就擤将"之类方言俚语,上级领导和写材料的人比如刘齐我,都喜欢这种发言,便于提炼。

我的串联生活

还有，在一个"无法无天"的时代，宋队长能想到用"新宪法"约束大家，也是很有新意的。可是，他将"犯法"和"守法"这两个不同的概念"偷换"之后，却"没有一人对此表示异议"，人民太老实，太不计较了。或可说，人民太聪明了，他们在反反复复的折腾中悟出，计较也没用。法是法，人是人。法是纸的，人是活的。东北民谚："人嘴两层皮，咋说咋有理。"

应付领导，让上面挑不出毛病，大概是农民和乡村干部必备的政治智慧。

"宋队长却只轻轻哼了一声"，"他还是不搭话"，他内心在想什么？是不是认为我很傻？

团支书富秀荣的话也很有意思，表面看，有拍队长马屁之嫌，细一想，又有点像是在"忽悠"我们这些外来人。不管是何用意，反正我今天重读这段文字，感受到的只是强烈的反讽意味。

四下里静悄悄

2月27日

《冲锋号》第二期今天出版了。是专门反映全大队学习毛主席最新指示的。

小王刻蜡版的技术有显著提高，工工整整、清清楚楚地在较短的时间内刻完。他们小青年的干劲真足啊。

和邹志扬沿着通往营口的公路谈心，四下里静悄悄的，几点灯火在夜幕里闪亮。我们主要谈青年点的自身革命化建设问题。小邹心情无异（疑）是很激动的。

邹志扬的心情为何激动？发生了什么事情？我跟他说了什么？"青年点的自身革命化建设问题"，指的又是什么？从字面看不出来了。

比讨厌帝修反还甚

2月28日

晚，又和王建平谈话，也是沿公路边走边谈。他（一九）五六年生，高个，园（圆）脸，大眼，宽肩。聪明，朴实，干任何事都急于求成。

小王的父亲是（一九）三八年参加革命的老干部，但他丝毫不以此自诩。一次公社党委书记问他，爸爸是干什么的，他不假思索地说："烧锅炉的。"说老实话，我很喜欢小王，他很像我的弟弟嘉陵。

今晚主要谈青年人的革命理想，如何学毛著的问题。

王建平，鞍山知青，19岁，豪爽可爱，诚挚不掺假。

我接触过一些干部子女，言谈举止间，总想弄出一股特殊味道，生怕大家闻不出来。王建平恰恰相反，他特别讨厌这一类人，比讨厌帝修反还甚。

离开感王之后，我跟王建平的交往不但没有中断，反倒更多,更方便了。他应征入伍,到沈阳当了公安消防战士。我曾前往部队驻地探望,跟他在红色的解放牌消防车前聊天,看他盘弄粗大笨重的灭火水管。他没去过鼓风机厂,请不下假。但他看过我带去的《沈鼓厂报》和文艺杂志。

后来彼此变动频繁,渐渐失去联络。

二十多年没见面了,建平,还有其他各位朋友,快来找我。

真拿姚文元当同志

3月1日

姚文元同志的文章《论林彪反党集团的社会基础》,我认真地听了两遍。林彪说:"诱,以官、禄、德",我说,去你的官禄德吧。我们新中国的革命青年一定要做扫除资产阶级法权残余的先锋战士。

但是,要想当先锋,就一定要好好学习马克思主义、毛泽东思想,尤其要很好领会其精髓无产阶级专政(理论)。"不畏浮云遮望眼,自缘身在最高层"。如是而已。

灾区看不到当天报纸,更看不到电视,只能听广播。来自北京的广播,叫红色电波。姚文元的文章是特殊的重头货,电台一遍一遍地播送。间或,还用记录速度播送。

记录速度广播,今已绝迹,当年却常见,一般用于传播重要文章、社论,播音员读得很慢,慢得不正常,供不上听。不但读文字,也读标点符号和另起一行之类技术细节,一并供边远地区的收听者记录成文，打字，排字，印刷。

当知青时，某次"偷听敌台"，忽然撞见一个台湾女播音员，也用极慢的语速读一封给大陆某人的信件。那声音不但慢，而且柔，媚，软绵绵的，酷肖电影里国军电台读战报的女声。事后听说，那种信件，多半是情报机构发给潜伏特务的隐语指令。

我毛骨悚然。

以后遇到北京的记录速度广播，常想起台湾的柔媚女声，感觉怪异、神秘。

"我认真地听了两遍"，多么用心，虔诚，嗷嗷待哺。那时记忆力好，可惜哺的不是英文、古诗、几何习题。

称姚为同志，不仅是习惯，是真拿他当同志，相信他的言论，是毛主席那一边的声音，因而是正确的，只需学习不容置疑的。

近年，听一些朋友说，他们早都看出，姚不是好东西。

我不敢附和。

我愚鲁，喂什么吃什么，觉悟迟。

一锤定音

3月2日

贫下中农志气高，

移山填海逞英豪。

七级地震不当事，

气死土地佬!

我这首粗糙的口号"诗",前三句皆七字一行,末尾不求整齐,只五字,大约是受当时流行的"三句半"影响。"三句半","文革"中兴起的演唱形式,为各级毛泽东思想文艺宣传队所常用。演员四人,着绿衣,扎红箍,台上一字排开,激情洋溢,各念一句台词。前三句为兴起,铺垫,后半句咣当一下,一锤定音,不容商量。

"土地佬",一个神话传说中职权有限的窝囊小官,被我抓来充当大地震的"元凶",抓错了。那时总爱抓错,一个基层专政队,拍拍桌子瞪瞪眼,就能挖出一个国际级的叛徒集团。

土地佬低眉顺眼的,太"面",孙悟空和其他过路神圣一声吆喝,小老头他就得乖乖出来打点。地震爆发,他的办公室——土地庙也未必保得住。

最不起眼的一位

3月3日

苏师傅今天和王主任一道离开东感王回沈。短短的十几天里,我在苏师傅身上学到了许多宝贵的东西,真舍不得让他回去,他真是典型的老工人啊!

待以后有空,非好好颂扬颂扬苏师傅的动人事迹不可!

"苏师傅",苏雨清,中等身材,微胖,爱憨笑,在鼓风

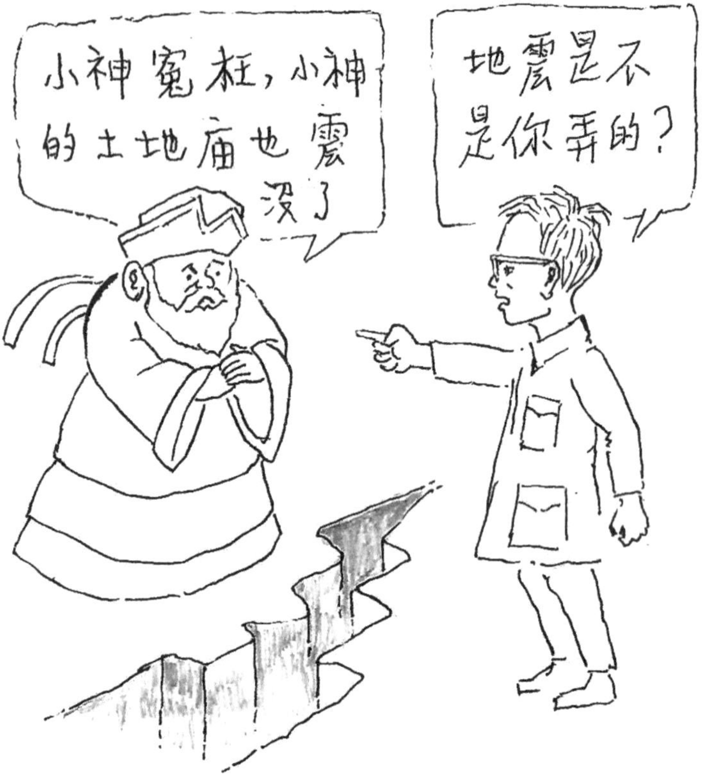
小神冤枉，小神的土地庙也震没了
地震是不是你弄的？

机厂救灾小组中,是唯一的生产第一线老工人,其余皆为干部。工厂救灾小组,没有名副其实的工人,似乎说不过去,但他不声不响,只干不说,又是组里最不起眼的一位。想起现在媒体上的英模表彰会议报道,各位出席的领导名字或形象依次显现,无一遗漏,轮到英模则一带而过,甚至提也不提,仿佛表彰的不是英模,而是领导。

救灾工作临近尾声,最先被撤回去的,也是苏师傅。"真舍不得让他回去","好好颂扬颂扬",都是真实的情感记录。苏师傅的事迹值得一写,但我回厂后被别的事吸引,并没有写,食言了。时隔多年,这些事迹已不复记起。

记住的只是他那张胡茬儿很重的脸,有点像扮过杨子荣的电影演员王润身。

还记住了他的绰号——"说不清",跟他的名字谐音。

苏雨清师傅不善言谈,尤其不善在理论学习时发言。那些深奥不着边际的概念术语绕来绕去,让他特别为难,嘴里呜噜呜噜,仿佛含着异物说话,经常是说不了几句,便苦笑了,告饶道:"说不清。"

还算诚实

3月4日

东感王人物速写

王德希

这是一个莽撞朴实的小伙子,二十岁,(一九)七三年从鞍山来的下乡知识青年。跟我们一起办《冲锋号》,他负责刻钢板。

第一次让他刻时,我先上下打量一下他,通红通红的方脸庞,一副好动的表情——那两只大眼甚至都总想换个地方。手是粗大有力的,细小的刻字铁笔在手心里几乎像是火柴杆。我心想:怎么分配这么一个毛头小伙子跟我办报呢?他能干得了这绣花般的细致活?如果嫌钢板太大按不到木框里,请他用手把钢板掰掉一块准保行,但这是刻(钢板)啊!瞧他,还用左手夹着一截"老旱",不(得)把蜡纸烧坏了……

王德希仿佛追踪到我的思想线索,从浅黄军用棉袄里掏出一把烟末,笑着对我说:"想抽一袋'老旱'?完全可以,不过我没有纸,唉,这不有吗?"他边说边从第一期《冲锋号》的稿子里,撕下一条纸边给我。我简直有些哭笑不得。

我的担心并不是多余的。小王第一次刻,不是划破蜡纸,就是丢字拉(落)字。天已经很晚了,他仍没刻完。隔壁八小队开会,批斗一个偷救灾物资的坏家伙。王德希隔会儿就跑到那屋去一趟,先是在旁边看,后来索性参战,属(数)他发言讲得多,声音激越。

晚上十一点多钟了,王德希还没有刻完只有二千余字的《冲锋号》。第一次和他一起工作,我不好意思多说什么,默默地望着他,心里却急得火烧火燎。他也可能着急了,鼻尖沁出豆粒大的汗珠。

(3月11日补)

一点钟，好歹刻完了。谁知油碌（辊）子一推，发现问题了：油印机年久不用，多处失灵；小王手劲不匀，印出的字迹有轻有重。他再在轻的地方推一下，小报（上的那些字）便成了"双眼皮"。

王德希脸上的汗更多了。他把草绿帐篷门口的棉帘一挑，轻声问我："怎么办？"话语中还带着重重的喘息声。我看他那副样子，心里一点气也没有了，同情地说："这期算了吧。失败者（是）成功之母。吸取教训，下次刻时匀一点劲准保成。今（儿）个你就睡觉吧。"

他默默无言。

我以为他同意了，先回小分队驻地睡去了。

第二天一早，我一进大队部的帐篷，就惊呆了。

桌上摆着整整齐齐一摞子印好的《冲锋号》，油印机干干净净地放在一旁。王德希虽然不在，我也立刻就猜到这些都是他一宿没睡搞出来的成果。

顿时，我心里升腾出一种难以用语言表达的激动心情。我问广播员王琴："王德希哪儿去了？"

王琴告诉说："今早五点半我来放广播时，他还没印完，邹志扬（另一个知识青年）也和他一起干来着。后来，他们连脸也没顾得上洗，就都上队（里）刨粪去了。

这一天我有别的事，没去上王德希所在的队。不然非把他撵回青年点不可。但这一天，王德希的形象老是在我的头脑中浮现：还是那双好动的眼睛，那副好动的身体，那双粗大的手，那布满细汗的脸……

"东感王人物速写"，那时挺注重练笔，在日记中练，在其他小本子上练，处于写作的起步阶段，直露，幼稚，学生腔，但还算诚实，尊重人。

动机肯定不纯

3月5日

雷锋纪念日。在抗震救灾斗争中过这一天极有意义。清晨，得知一队刘队长的儿子煤气中毒，我和田红星二话没说，迅速穿上衣服，边系扣子边往刘队长家跑。

小孩面色蜡黄，有气无力。他的父母急得不知所措。我们轮流背着小孩，三步并作两步，跑到解放军医疗队的帐篷。

军医同志说危险不大，在外头透透气，通通风，再喝碗醋水，就可复园（原）。我们这才放下心来。

"三步并作两步，跑到解放军医疗队的帐篷"，军队、工矿等外来救灾组织的驻地相距很近。我们所在的大队，距公社也不远。

"他的父母急得不知所措"，父母就在身边，却由我们背起孩子，看来我们是抢着做的，没等家长缓过神来，我们就上手了。抢救生命，时间第一，也对。

我一直想做好事，尤其盼望做比较大的、值得一提的好事。

好事并不是天天都有,一旦出现,反应肯定"迅速","二话没有"。细菌学家巴斯德说:"机遇偏爱那些有准备的头脑。"要我说,"好事"也是机遇。

我的动机肯定不纯,吃五谷杂粮长大,受七情六欲支配,也没办法纯。一方面,我是真心想为灾区做贡献,另一方面,也是真心想受表扬,入党,当英雄。

"轮流",不太远的距离却要轮流,是孩子太沉,还是做好事人人有责,(有份?)别一个人独占?

这么说,是不是太刻薄了?是不是在用今天"老奸巨猾"的我,去挑剔昨天未必那么复杂的我?

昨天的我,比今天的我年轻,可33年前的昨天,显然又比今天老迈。

昨天的我,既像我的晚辈,又像我的长辈。

有点排不好辈,乱套了。

糊涂的配角

3月6日

上级指示:沈阳市驻海城抗震小分队人员将于十二日以前撤出感王公社。上午整理小田的事迹材料,下晚找他谈心。心里不甚畅快。

小田,田红星,眉清目秀,年轻有为,时任鼓风机厂一车间党总支副书记。我俩虽然年纪相仿,但他已是重要车间的领

做好事人人有份

导成员，层次比我高出一截。可叹我当时并未意识到这些，反而认为两人差不了多少，只要干得好，都会受到重视。我的目标是入党，最好是火线举着拳头入党，并成为人人羡慕的先进典型。我能写能说，如果当了典型，介绍经验会很省事。因此我非常努力，成绩不少，外界反映也好，特别是知青，相处非常融洽，有的知青甚至说我是工作组最出色的一员。我嘴上谦虚，心里甜蜜。

谁成想，突然间，田红星竟成了典型。昨天，自认还在同一个起跑线上，还是平起平坐的小组成员，一起抢救儿童，一起憧憬未来，今天，他的未来就出人意料的光明了。

而我的未来，仍在远处模糊着，于是"心里不甚畅快"，委屈，不服。

典型没当上，火线入党的愿望也未实现。回到工厂，仍然入不了党。我的家庭出身不过硬，能在党委宣传部门工作，领导上已经很破格了。

如今，我们的工厂成了沈阳数一数二的特大型国有企业——沈阳鼓风机集团，小田成了老田，成了责任重大的集团副总。

现在回想，当年领导派他去灾区，用意其实很明显：培养接班人。在干部选拔制度的强大精神指引下，别说小田干得不错，就是差些也无妨，只要不出大格，当典型的就一定是他，而不是别人。

领导派我到灾区的用意也很明显：主要是搞宣传，写材料，为典型服务。

剧本早已拟就，角色早已设定，只是那个好胜而又糊涂的配角浑然不觉。

新世纪，有一年回沈阳，田总请吃饭，我们亲密无间，宛如战友。

田总和我干杯，我想起自己的愚蠢，尴尬一笑。

田总发福了，但眉眼间仍可寻出昔日的英俊青年。

赞一下自己

3月7日

当地贫下中农、知识青年听说我们要走了，都恋恋不舍。大队要赠锦旗，我们婉言谢绝。知识青年和四队社员买好日记本题上我们的名字，也被我们送回去。严格遵守前线纪律，一丝不能苟！

除了锦旗、日记本以外，我们还谢绝过别的一些馈赠。感王地区以温室鲜菜种植闻名遐迩，我们这些天却一直吃自带的土豆白菜，没吃一把当地产的、在冬季让人馋涎欲滴的青菜，没白吃，也没花钱买。

震区对救灾人员规定有各项纪律，我们都自觉遵守，边遵守边尝到一种平日难得的崇高感。

呵呵，赞一下当年的自己和同伴。

优美得令人狐疑

3月8日

下午厂子来车了,一台"解放",一台"小客"。杨主任、王师傅(国彬)也来了。晚饭后一同驱车前往感王公社东南山区、长大铁路和哈大道并行通过的他山堡,察看灾情——那儿严重一些。大队治保主任谢庚阳也去了。

归来即参加欢送会。

大队领导、老贫农代表、公社宣传队同志、部分知识青年、小队干部都赶来参加了。

在新盖起的大队医疗站的宽敞干净的屋子里,工农联盟、亲如一家的气氛浓极了。说不完的鱼水情,叙不尽的骨肉亲。临别前一夜,大家又高兴、又难受;又激动、又平静;又活泼、又严肃,形成了令人难忘的对立统一状态。

工农各自的领导同志讲话毕,联合会开始,场上顿时活跃起来。

大队宋支书唱的样板戏,感情饱满,音色苍劲;一队长刘启琳说的"数来宝"《黄继光》,曲折紧张,扣人心弦;宣传队陈组长朗诵的自编诗歌《抗震救灾逞英豪》,鼓舞斗志,引人浮想联翩;知识青年乔淑媛唱的《稻米谣》,悠扬悦耳,富于民族特色。

掌声中,人们一致要求小分队的全体同志每人献一个节目。盛情难却,慕殿春主任带头,引吭高唱"蓝蓝的天上白云飘"。保卫干事王书香唱了样板戏《共产党员》和《工农子弟兵》。

小田早有准备，事先编了反映工农并肩抗灾内容的歌词，填在一首人们熟知的曲子里，接着王书香唱。我深知自己没有演唱"天赋"，但事到临头，又脱（拖）不过去，怎么办？

小田还在唱着。地轻轻动了起来——又一次有感地震。人们毫不理会，聚精会神地听歌。我灵机一动，计上心来，对，就这么办！

轮到我了。我托词光唱太单调，要朗诵自编诗歌，遭到意料之中的反对。大伙起劲鼓掌，欢迎我唱。王运香、孔皎、陈桂芬等知识青年更厉害，高声嚷道："（大年）三十联欢你没来，就逃过去了，这次再不唱，就听不着了。"

我胸有成竹，稳稳当当地说："你们先猜个闷儿，猜着了我再唱。"场内霎时静了下来，我得到了默许，站起来，高声说：

"请大家围绕这此（次）抗震斗争，猜三样东西。一个是越震越强，越震越强；第二个是越震越大，越震越大；第三个是越震越深，越震越深。"

人们认真地思索起来，半晌，竟没有一人答话。我按捺不住心中翻卷如潮的激情，颤声解迷（谜）：

"第一个，是我们英雄的灾区人民的艰苦奋斗革命精神，在毛主席、党中央的亲切关怀下，在地震中是越震越强，越震越强！

第二个，是灾区人民抗震斗灾、自力更生、发展生产、重建家园的革命干劲越震越大，越震越大……"

小乔接过话喳（茬）说："第三个是工农建立的无产阶级革命感情，越震越深……"人们齐声和道："越震越深！"

联欢会后，已经十点多钟了。我们的简易房内，前来话别的人们仍然有增无减。海城、沈阳一个在南，一个在北。一月前我们和东感王的贫下中农还隔着沟沟坎坎、山山水水，如今，咱们却已难舍难分、贴心贴肺了！

慕殿春，厂政治部主任，救灾工作组组长，四十多岁，铆工出身，粗豪魁梧，爱唱歌，尤爱唱"蓝蓝的天上白云飘"。"文革"初期，该曲一度无人敢唱，盖其旋律过于优美，优美得令人狐疑，会不会腐蚀革命？能不能带来灾祸？

"天赋"，寻常词汇，却打了引号，何故？当时，林彪的"天才论"正遭批判。这样与天才同宗的天赋等词汇，自然也受了株连，变得敏感，脆弱，底气不足。遇有相关问题，一时找不到别的字眼替代，我只好加上引号，缓冲一下。一位长辈曾悄悄告诫我，写出的文字，不论是日记、笔记、信函，哪怕是一张便条，都要做到：任何人看了都挑不出问题。

非常年代，每个人心头都有一座文字狱。

心头冰冷的东西再多，也无法挤走真情。真情是热的，最有资格待在肉做的人心中。任何年代，任何空间，只要有人，有人心，总会有一种热乎乎的气息扑面而来。

海城欢送会离去得太久远了，但它的那种炽热、亲近、恳挚，今天仍叫我感动。只是我的"节目"不大自然，令人难堪。

扉页有滚烫的话

3月9日

今天告别灾区。

九时,公社举行欢送会,刘力书记致欢送词。关廷奎副书记亲自给局小分队全体同志发灾区自产的苹果、梨。大家盛情难却,接了过来。会后全又悄悄放回盆内。

灾区人民敲锣打鼓,扭着秧歌,踩着高脚(跷),夹道欢送。三十多辆吉普车在欢腾的人群中缓缓行驶。我们频频向感王公社和东感王大队的贫下中农、知识青年及社员群众挥手告别。在公路转弯处的青年点前,王德希、邹志扬、张英利等知识青年和我们隔着车窗拼命握手。在堡子东面,老谢含着热泪和我们一一紧紧握手道别——他一直从公社门口跟到这里。车子越驶越远,他还和其他群众向我们挥手……

别了,英雄的灾区人民;别了,光荣的感王土地。我们永远忘不了这团结战斗、抗震救灾的几十个日日夜夜!

"当年鏖战急,

弹洞前村壁。

装点此关山,

今朝更好看!"

下午二时许,我们乘坐的小客到达厂内。贺、刘、官等党委书记(、副书记)和部分职工在南院门口热烈欢迎我们。

王国彬同志押乘载货汽车先行抵沈。他告诉我们:卸车时,在行军锅下发下(现)一包用彩纸包着的东西。打开一看,原来是昨晚被我们送回去的日记本——王德希、邹志扬、王琴、陈淑芬赠送的。每本扉页上都题有滚烫的话。

告别震区,告别激情,回归平庸,回归日常。

工厂门口,车水马龙,没谁记得,这里曾经列队,欢迎过几个救灾回来的人。

誓言渐渐淡忘,缺点悄悄回来。

懒散依旧,轻率依旧,盲目依旧。

走在喧闹的城市里,无人像灾区老乡那样打招呼。遇到跟海城知青气质相仿的小伙子,也不能随便上前套近乎,递上一根烟,谈所谓的理论及其他。

擦肩而过,擦肩而过。

一切都过去了,剩下一些参差不齐的文字,夹在泛黄的纸页里。

2008年6月22日

胡大一的
早年生活

我的朋友胡大一,是一位著名的心血管专家,他在医学方面的成就,已有很多文章介绍,但外界对他的身世经历却所知不多。我有幸在私下场合,多次听他谈起自己的早年生活。跟他现在的工作、科研等方面的事迹相比,胡大一的早年生活故事多多,耐人琢磨。

胡大一是河南内黄宋村乡北沟村人,1946年7月出生于开封。父亲是眼科医生,为中南地区铁路系统医疗卫生事业的创建和发展作过突出贡献。1945年,胡父毕业于河南医科大学,心地善良，行事严谨，医术高明。可惜，他虽然能让病人的眼睛看清前方，却无法让自己看到未来。他不是延安来的，不是军队出身，牌子不亮，背景不硬，行医之外，虽也当过"官"，但这个"官"越做越小，从1949年的武昌铁路医院院长，一降再降，一直降到后来的郑州铁路局卫生处医疗卫生科副科长。到了1957年，狂飙突起，时运不济，也没法济，险些被打成右派，多亏郑州铁路局政治部的胡波副主任，出于理性和同情心，把大一父亲的名字从右派名单上抹掉。

躲过初一，躲不过十五。"文革"烈焰升腾，保护者和被保护者一勺烩。胡父的罪名是"漏网右派"，虽然漏网，仍是右派。"漏网右派"这个政治历史术语相当传神，传出了那个时代特有的"神"。社会如网，大网，多层网，漏了一层，还有一层，总能将你网住。入网之后四下看，黑压压的，密不透风，先来后到，在劫难逃。换一句话，也可以说，社会如锅，想煮谁煮谁，甚至都不用想，全面专政，统统煮进来。老爷子蒙冤之后，越发小心翼翼，逆来顺受，受不公正之气，"享"不公平待遇。

胡大一告诉我，老爷子身高一米八零，早年健康，壮硕，晚年不行了，极其瘦弱。身子骨糟了还在其次，关键是心灵的创伤无药可医。去世前，勉强补了个讲师头衔，家人将证书摆在床头，以为能带来某种慰藉，不料老爷子上手就撕，边撕边喘息说："没意义了。"

为医院干了一辈子的老人家，最后死于凄冷的医院楼道，

躲过初一
躲不过十五
统统一勺烩

运动

连张病床都没有。脑卒中风,被痰堵住而弃世,也算一种"福分",无须对临终环境产生感受。单位写悼词,胡大一的弟弟要求补上十几个字,单位不肯,家属坚持,几经交涉,终于写进去了。写的并非堂皇的评语,而只是一句令人心酸的大实话:"该贡献的都贡献了,该得到的都没得到。"

母亲胡佩兰,1916年在河南汝南出生,从小立志:不为良相,便为良医。她1944年毕业于河南大学医学院,在妇产科的岗位上一干就是70年,为关中、荆楚、中原大地四代患者服务,经她接生的婴儿6万多名。工作拼命,没日没夜,有瘾,"恨活儿",诊治急重症无数,接生无数。有些家庭,祖孙三代皆由她接生,接出来的小生命长大了,再从中接出新的小生命。遇到难产这样的大手术,一干就是几小时十几小时。即使在"文革"期间,她遭受冲击,被强制打扫厕所的时候,一旦遇到危重病人、大手术需要时,她二话不说立马上手术台,从不计较个人得失,不推卸责任。胡大一说:"老太太对我事业心的形成影响最大,从我记事起,就没见她好好睡过觉。晚上她回来太晚,见不着,早晨能见着。每天起床,五点钟、六点钟,睁眼就看她在那儿学俄语。"家里事老太太撒手不管,洗衣,买菜,生炉子,做饭,都由老爷子负责。

老太太一辈子不好玩,麻将扑克一概不爱,就爱看书。还有一爱:出差。不是为了趁机旅游,为的是参加学术会议,学习新知识、新技术。老太太身子骨硬朗,挨过了艰难岁月,将人生价值不断提升。89岁仍亲自上台做手术,97岁仍常规出门诊，周末义诊。她热衷公益活动，曾摔伤过一次，伤好继续参加，被称为"最老的青年志愿者"，事迹上过《中国青年报》。为人豪爽，乐善好施，家人不敢给她留钱，留多少捐多少。胡大一每周都给老人家打电话。"我写的书她都有，每一本都认真看。还提意见：能不能写得更简化，更通俗，让老百姓看得更方便。"老太太98岁时，被央视评为年度"感动中国"人物。3天后去世，数百万网友在网上点燃蜡烛，寄托哀思。

胡大一的父母，是这样的父母；胡大一的家庭，是这样的家庭。内有发奋、进取的氛围熏着，外有压抑、变幻的环境逼着。胡大一在武昌读到小学五年级，北迁，转入郑州铁路中学就读。换了学校，换不了志向。幼年胡大一最强烈的愿望是学习。他用两部文艺作品向我形容当时的想法："《红灯记》说，'穷人的孩子早当家'，其实出身不好的孩子也早当家，出身不好的孩子往往也是穷孩子。还有就是《高玉宝》，高玉宝说，'我要读书。'我也一样，我要上学，上大学，这是我坚定不移的理想。"今人对《高玉宝》这部书多有质疑，比如，作者究竟是谁，周扒皮的"半夜鸡叫"是不是胡编乱造，等等。但对书中人物渴望读书的故事，却鲜见异议。就算也是编的，它对当年胡大一的影响也早已产生，抹不掉了。

中学期间，正值三年灾荒岁月，河南"左"得出奇，饥馑尤甚。校方无奈，倡导大家尽量少活动，"按热量办事"。每天上第三节课时，胡大一就饿得两眼发黑，强挺着"办事"。回到家，父亲已将炉火封好，午餐做的是烤窝头片，无一丝油星，干烤。兄弟几个如猛虎扑羊，瞬间完成进食过程。肚子仍不满足，就寻来一种野生植物水红花，将其梗研磨成粉，蒸熟充饥。该物呈高粱色，入口难，排泄亦难。那也不许说政策偏差，只许说"自然灾害"和"苏修"逼债。学校组织参观毛泽东亲定的"先进典型"——河南嵖岈山人民公社，学生不知公社制度是"热量"匮乏的本源之一，反倒迷迷瞪瞪，作文颂扬公社热情高、干劲大。

1965年高考，父亲清晨4点即起，拿出平日舍不得动用的食油、面粉，热锅小火，轻手轻脚，给儿子炸油条。胡大一也争气，破题阵，过文关，一举获河南省总分第一。胡大一的那个"一"，没有白叫，第一次被赋予令人瞩目的实际意义。查看成绩，各科均名列前茅，政治卷尤高，居然满分，100。说来令人叹息，大一家庭出身、政治条件并不好，却十分关注政治，关注日渐严酷的时局，关注对杨献珍"合二而一"的批判，对冯定《共产主义人生观》的指责，对李秀成"忠王不忠"的讨论。提起这些尘封多年的往事和概念，他至今仍有清晰记忆。

胡大一偏爱文科，但受父母影响，同时担心家庭成分的负面作用，最后报考了北京医学院（现为北京医科大学）医学系。该校当年招收300多名学生，他的成绩仍是第一（当时是全国统考，分数有可比性）。录取时校方有过争议，该考生出身不好，专有余，红不足，怎么办？衡量来衡量去，得分最高，不招不好，况且政治满分，也还算有几分"红"，通过。

相比父母，胡大一的兴趣要广泛得多，什么都好奇，都想学一手。他喜欢民乐,犹喜《二泉映月》《赛马》《旱天雷》等曲目,从中得到医学世家无法给予的特殊快乐。小学即参加校乐队,中学时吹笙、拉二胡,大学时当过乐队队长兼指挥。每年国庆之夜,还被选到天安门参加联欢,为《洗衣歌》等舞蹈伴奏。竞技体育,也是胡大一所爱,从小就打篮球,打乒乓球。铁路中学条件比较好,有当时颇为珍稀的乒乓球台,俗称"案子",让外校学生颇为眼热。球类之外,还有田径,跳高、跳远、短跑,无一不爱。胡大一曾跟我"炫耀",他从小就跑得飞快,30多岁,百米仍能跑到11秒6。

"你记错了吧?"我半信半疑,"现在中超那帮球员,二十郎当岁,也未必跑得了这个速度。"

"我也不赌球,不吹黑哨,用不着作假。"胡大一笑说。

也许是天性中某种成分在起作用,也许是客体对主体实施了独特而有效的勾兑,胡大一无法安于现状,画地为牢,封闭自满,贪图享受。他的眼睛总爱往远处看,往高处看,往苦难的地方看。胡大一后来总结说:"我是这样一个人:在中东部长大,对西部有情结;在平原长大,对高原有情结;在大城市长大,对农村有情结。"

中学时,他就下乡支农,双抢(即抢收抢种),深翻土地、插秧、拣粪,样样都干。也参加荒诞的土法大炼钢铁,忆苦思甜,接受"阶级教育"。当年,这既是一种时代风尚,也是一种带有强制性的政治要求。"到农村去,到边疆去,到祖国最需要的地方去",这一类口号随处可闻,弃学就农、离城下乡的邢燕子、侯隽、董加耕，成为众多媒体广为宣传的典型。城里学生在金子般的学龄，拿出相当一部分时间到农村，去做跟学业看似无关的事情，有没有必要？其历史必然性和偶然性何在？积极意义多抑或消极意义多？欧美发达国家和众多欠发达国家的青少年学子，为何没有产生这样的群体行为？现在中国的城市学生，似乎也不热衷于类似活动，原因何在？回答这些问题，需要复杂而冗长的论证，本文只想说，早年农村的各种经历，对胡大一的人生信条和价值取向，有不可忽视的深刻影响。

胡大一的家庭出身，属于阶级斗争不肯留情的那一类别，但是少年胡大一仍然跟无数同辈人一样，坚定地、傻呵呵地相信阶级斗争，相信权威人物给出的种种理论。这些抽象的说辞固然宏大、决断，但是，农村贫瘠落后的面貌给他的印象更强烈、持久。"农民太苦，'老白姓'太老实。"几乎每次交谈，胡大一都对我如此叹息。他说话有口音，管老百姓叫"老白姓"。

大学6年，胡大一更是跟农村和边远地区结下了不解之缘。入学教育期间，正好赶上一位老师从农村"四清"回来，跟同学介绍当地贫穷落后、缺医少药的窘困情形。说了几句顺口溜，胡大一至今记忆犹新："旧社会有牙没饭，新社会有饭没牙（乡村民众牙保健缺失）。救护车一响，一口猪白养。"猪、鸡、牛、羊等家畜家禽，是昔日中国农家应急救难的土银行（斗转星移，人非物亦非。今天的贫苦地区，如果救护车一响，白养的就不是一口猪或一只羊了）。

1967年、1968年，城里斗斗斗、批批批，"火烧"、"深挖"声四起。胡大一另有去处，参加巡回医疗队和教育革命探索队，到河北宽城一带，为农民治病。农民，当时主要指的是贫下中农，不含"地富反坏"，也不含胡大一老父亲漏网未遂的那个"右"，尽管这些人同样贫穷，同样渴盼医疗条件的改善。

宽城地处偏远山区。早年风行一时的电影《青松岭》中，有个著名的反派人物钱广，据胡大一说，其原型就出在宽城。《青松岭》我看过多遍，"长鞭那个一甩咔咔地响……沿着社会主义大道奔前方"的插曲至今耳熟能详。电影中，钱广的罪名无他，只是采集山货，"投机倒把"而已。该老兄可谓生不逢时，放到今天，可能会成为多种经营、开放致富的榜样，那时却只好挨斗。题外话不多说。去宽城，先从北京背上行李，步行拉练到承德，再转乘汽车到平泉，几经周折，卡车、马车、"11号"，多种方式并举，方能抵达目的地宽城。

巡回医疗队的带队老师，是多年后以敢说真话赢得世人尊敬的钟南山院士。班长：王海燕，北医同学。房东：二石，聋哑人，满身虱子。胡大一在二石家吃"派饭"（被村镇当局分派到社员亦即村民家吃饭并交钱粮票），跟二石住同一个屋，用同一根扁担挑水、挑粪。当时的媒体和文件特能归纳总结，管这个叫"三同"、"三关"：跟贫下中农同吃、同住、同劳动；过生活关、劳动关、思想关。"三同"、"三关"合格了，才算是正确路线满意的人。贫下中农世代贫苦劳累,早都合格了,因此被认为天生具有教育城里人的资格。其实,贫下中农何尝不想反过来,进入都市圈中,跟城里人"三同"、"三关"?

在宽城,胡大一这个学西医的年轻人,学了不少中医药知识。山水林木之间,他学会辨识、采集100多种中草药。回到村中,踏碾船,捣铜钵,生柴火,向当地老药工和赤脚医生学习制作丸散膏丹。

赤脚医生,那时乡村医生的别称。该说法大概从惯于赤足的南方农村率先叫响。北方大多穿鞋,也跟着这么叫。北方一般不说"赤脚",说"光脚",光脚的不怕穿鞋的,张口就来。但大家都知道,神话传说中有一位赫赫有名的"赤脚大仙",故用"赤脚"来说医生,不算特别拗口,况且村头大喇叭传来的"红色电波"里,也不断出现这个称谓,渐渐就习以为常了。平心而论,赤脚医生这一特殊的医疗卫生现象,的确给农民带来了或多或少的便利,因此,在人们心中留有非常深刻的印象。那年我回插过队的辽北山村,有些老人,管今天的乡村医卫人员仍叫赤脚医生,改不了口啦。

一来二去,胡大一跟宽城的赤脚医生熟悉起来,交了朋友。"我们教他们解剖,他们教我们采药,制药,针灸。那时治病,别的药很少,往往就是一把草,一根针。"在大队医疗卫生站,也就是赤脚医生的"单位",胡大一在简陋得不能再简陋的台子上,给社员做过阑尾炎等手术。

白天忙了一天,夜里也睡不踏实,经常被喊醒,匆匆穿上衣裤，握一支手电，翻山越岭，处理紧急病症，比如胆道蛔虫引起的剧痛、婆媳吵架喝农药自杀、中毒性痢疾、哮喘、大叶肺炎等等。说来耐人寻味，方圆百十里，整个县，整个地区，竟没有一人得冠心病，得糖尿病，心梗更是闻所未闻。当时，胡大一压根儿想不到，将来有一天，自己会成为闻名遐迩的心血管专家。那时的人们，体力消耗大，营养补充少，缺油，缺肉，缺胆固醇。报载，朝鲜战争期间，美国医生解剖美军士兵尸体，在这些营养充足以车代步，感恩节即使在阵地上也能吃到正宗火鸡宴的死者身上，查出有相当一批人，血管已然粥样硬化。又对比解剖一把炒面一把雪充饥的志愿军尸体，惊异地发现，一个个血管内壁都是光滑柔软，富有弹性。朝鲜战争十余年以后，宽城一带的贫苦百姓，饥一顿饱一顿，糠菜半年粮，连炒面也难得吃上，血管内壁更是干干净净，别说血液黏稠、粥样斑痕，怕是连稀溜溜的血也供应不足。老天爷良心过不去，松一下手，让穷人少得几样病。

1970年初，胡大一和其他大学生一道，赴河北茶淀卫生系统的五七干校——边劳动边改造"资产阶级世界观"。在中国，与皇权专制主义的广阔原野相比，资本主义的小苗稀稀拉拉，少得可怜。但上面一口咬定，一切坏东西都是资产阶级惹出来的，因此人们尤其是知识分子，哪怕像胡大一这种连资本家啥模样都没见过的青年知识分子，其大脑生成的内容，就一定属于上面规定的资产阶级，不改造不行。

干校时期，胡大一参加过两个劳动小组，一个是粪班，一

缺油缺肉
也缺冠心病

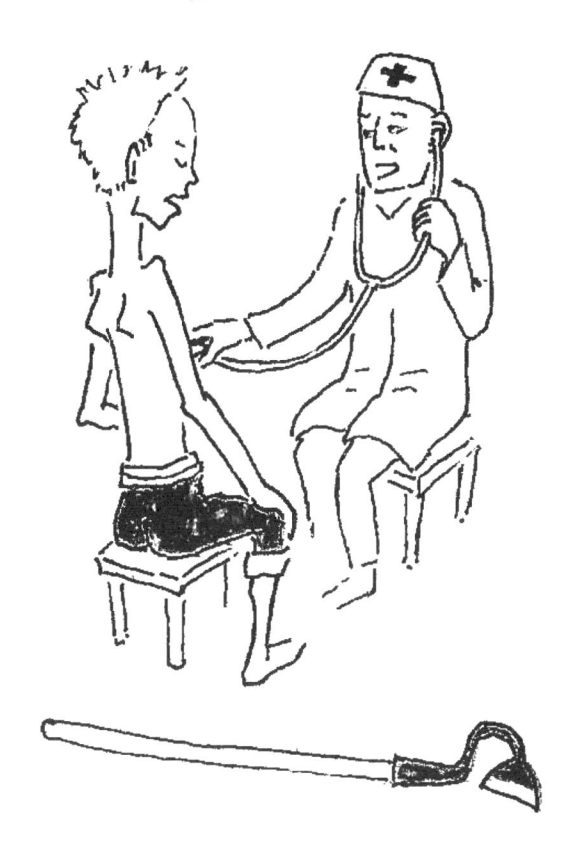

胡大一的早年生活

个是菜班。卫生部老部长钱信忠的夫人沈渔邨,著名的精神心理专家,后来的中国工程院院士,曾和胡大一同在一个干校劳作。干校里的党委书记是三八式的老干部刘波,她给胡大一留下很深印象。刘早年在山东胶东根据地工作,肃反时被当成"托派"抓起来。她不知什么叫"托派",审讯人员怎么诱导也不知,硬是不承认,居然拣了条命,没有像其他所谓"托派"一样被杀掉。刘波悄悄告诉胡,那时她得出一条不宜公开的结论:"抗拒未必从严,坦白未必从宽。"今天民间流传的段子,对此也有类似说法:坦白从宽,牢底坐穿;抗拒从严,回家过年。刘波反对给自己头上强加的不实之词,也反对给别人乱扣帽子。在"文革"中,她从不揭发他人。

刘波的丈夫叫曲波,长篇小说《林海雪原》的作者。我曾问胡大一,书中那个青年首长少剑波,是否以曲波为原型,而女卫生员小白鸽白茹,与刘波又有几分相似?胡认真想了想,说他从未打听过,遗憾。

胡大一说,他入学时,刘波是北医基础部党总支书记,后任组织部长和校党委副书记。去五七干校时,她是党委书记。分到北大医院,她是党委副书记,之后又回校任副书记。职务变来变去,风骨没变,品格没变。

动荡中识人,患难中知心,此后多年,曲刘二波这对夫妇一直与胡大一保持联系。老领导很认可他的为人,不断给他关心、指教和帮助。"曲波还送过我一张照片,签了名的。他患心梗和肾功能不全,就是在我的病房里过世。"

1970年10月，荒诞岁月的院校生活总算结束。虽然专业考试和论文等等早已废除，但上面仍管这种不了了之的离校方式叫作"毕业"。填去向志愿时，另册家庭的境遇和长期的磨炼，使胡大一不抱任何奢望。三个志愿，他吭吭吭一口气填了6个字：西藏，西藏，西藏。结果却出人意料，握有分配大权的军宣队负责人，是个好心肠的文化干部，特别看重胡大一的人品学识，大笔一挥，将他分配至北京医科大学第一附属医院内科，任住院医师。

24岁的胡大一浪迹多年，终于有了正式职业，有了工资。

纸上关系留在城里，肉体和精神，多数时间仍在乡间。

1971年至1973年，到北京远郊密云山区带教医士班，巡回医疗。胡大一去的地方，从名字——冯家峪公社榆树底下大队喇叭苲子生产队，就能感受到它的偏远荒疏。"穷啊，真正是一家就一件衣服，换着穿，谁出门谁穿。"大人小孩也算有眼福：见过飞机——北京到东北的航线正好在这一块天上经过；也算没眼福，从未见过火车、汽车。没钱，修不起路，别说汽车，小型手扶拖拉机都开不进去。"我那时开始带学生，招了一些北京孩子，当医士，资格得是高中毕业，要有点文化水平。偷偷招，偷偷教，怕别人指责白专道路。那几年，除了冯家峪，还去过高岭、不老屯、黄土坎。黄土坎的梨好吃。"

1974年至1975年，胡大一的命运有了新变化，走得更远——河西走廊、甘肃酒泉一带，所见更穷、更荒凉。一行人兴冲冲赶到兰州，脱下百姓衣衫，换上草绿军装，没有领章帽徽，不算军人，算是北京医疗队，总理周恩来派来的，名义：为西北人民送医送药。天苍苍野茫茫，可是，风吹草低却没见牛羊，倒是突然冒出了许多猴子，挤挤擦擦，装了一车又一车。胡大一有些纳闷，猴子它应该生活在热带亚热带啊，到这儿来是怎么回事？

当时，胡大一不知道，他们的所在，并不简单，是氢弹试验的外围地区。

当地极度缺水，卫生条件很差，区区一汪浊水（涝洼池），人畜共饮，视为甘露。这还不算，早上还要用其洗脸，晚上用其洗脚。奉上级指示，他们既要当医疗队，又要当宣传队。胡大一拜幼年爱好所赐，为老乡吱吱嘎嘎拉二胡，一位血液科老教授会拉京胡，他们扯着喉咙唱样板戏，《海港》《龙江颂》《沙家浜》，"朝霞映在阳澄湖上"……哪里有湖？哪里有港和江？只有一片戈壁滩，飞沙走石、寸草不生。

胡大一风尘仆仆，在当地查水，查癌细胞，查各项规定下来的指标，衣领和鞋壳里全是土。事隔多年才恍然大悟，原来，他们是为核试验服务去了。

1976年夏，在北京，赶上唐山大地震，重返密云山村的沟沟坎坎，带另一拨小青年学医习诊。一次外出看病，遇山洪暴发，泥石流肆虐，险遭不测。

1977年至1978年，胡大一的足迹向着愈发边远的荒漠地区行进。所到之处，不但贫困，更充满大自然设置的种种危难险阻，人的生理极限和心理意志不断受到挑战。那是在著名的西藏阿里地区，高原严寒，氧气稀薄，"你就喘吧，呼哧呼哧，喘了半天还得喘，怎么也喘不够"。

服务对象主要是当地的边防部队。胡大一非常肯定地对我说，这是"文革"以来，中国的最后一支巡回医疗队。上山第一天，恰恰赶上一个追悼会，死者不是因战争丧生，而是被恶劣的大自然条件夺去了生命。"生存环境特别残酷，上山时带了几箱蜡烛，特大号的，每根都有锹把粗，在北京从未见过。整个医院只有一台小发电机。没有机场，无法通信，半导体广播也不灵，调了半天频，只能接收到印度电台的信号，嘀里嘟噜的，听不懂。有时，还能拣到印度空投的传单。"

雪域高原，零下四十几度的低温，没有暖气设备，晚上把柳树根子烧红，趁着有点儿热乎劲儿，赶紧睡。那也不容易睡，满屋子烟气，呛鼻子，熏眼睛，鼻子蒙住，眼睛闭上，照样熏。胸中迷雾多缭绕，泪眼模糊入梦来。"还有雪崩，更险。有个电影——《冰山上的来客》，花儿为什么那样红，告别战友，里边演的雪崩，跟我们那儿的一样。"

工作时缺氧，业余照样缺氧，周身乏力，脑瓜仁儿隐隐作痛。别人打扑克，他说大脑不能过度使用，需要调养。胡大一的调养方式是躲在一旁，摊开英文版的《希氏内科学》，抄卡片，查字典，坚持把这厚厚的一大本教材啃下来。其他医学书籍乃至油印讲义，找到一册研读一册。稀薄的空气中，锹把粗的蜡烛不知能点出什么样的火花，但只要是火花，总能照亮青年胡大一、雪原胡大一的身心。

这期间，胡大一结识了阿里军分区司令、战斗英雄李永强，跟他结成莫逆之交，为他的战士提供所能给予的最佳医疗保障。30年后的2007年春天，北京，胡大一主持的一次医学大会，退伍军人李永强专程赶来，看望前医疗队员胡教授。胡大一郑重将他介绍给我。他穿着寻常便装，面容坚毅，目光明亮。尽管已离别军职多年，胡大一仍尊敬地称他：李司令。我和李司令坐在一起，他挺直腰板，专注地倾听胡大一讲演，狠狠鼓掌。

1979年，胡大一返回北京，做临床大夫，并到北京皮鞋厂、友谊时装厂、北京第二重型机器厂，培养、指导"红医工"，传播防治高血压的医疗常识。改革初期，又是大城市，早先农村的一把草药一根针不见了，换成一杯水一片药。按21世纪的眼光看，也不是什么好药贵药，复方降压片而已。但在当时，已经算不错了。胡大一背着药箱，直接进入轰轰作响的车间，守着机床和操作台，把药片逐一分发给重点防治对象——老工人，宣传，指导，督促检查。年轻人无须服药，他们沾了物质短缺时代的"光"，一个个精瘦精瘦，患高血压的十分罕见。下了班，吃一碗素面条，唱一曲"甜蜜蜜"，倒也悠哉悠哉。

工作之余，胡大一投入精力最大的是学英文。描述胡大一的经历和性格特点，似乎可以不断借用他名字中的那个"一"。什么事，不干则已，一经决定，就一头扎进去，一门心思，一往无前，一步一个脚印，一诺千金，一干到底。年近40的胡大一异常刻苦，一丝不苟地练听力，练读写，还抓住一切机会练口语，遇到外国人来访，上去就对话。同事半开玩笑半认真地说，胡大一想当"间谍"，仿佛中国的心血管领域有什么重大机密值得向境外情报机构透露。对此，胡大一置之一笑，不予理会。"当时，国外有一个医疗团来访，没人接，我自告奋勇带团。时间串不开，我要求上夜班，一个夜班换两天休息，腾出空，陪他们，专业名词，生活用语，逮啥练啥。"

胡大一的早年生活，推着他的性格和体能，学习和事业，往前发展，发展，一直发展到今天。

2014年 秋

美丽的
夏天

1966年的夏天和从前的夏天一样美丽,我上身穿着挎栏背心,下身穿着运动裤衩,在沈阳市和平大街的树荫中行走如风,内心涌动着自由和坦荡的舒适感觉。我刚刚从家中巧妙地逃脱,我逃脱的不是作业,不是家务,而是父母阴沉的脸色和令人起疑的窃窃私语。那些日子,他们总爱关紧房门唧唧咕咕说个不停,偶尔停下不说了,就长一声短一声地叹气。我若是治不好的病号或嫁不出的闺女,我一定会猜出他们叹气的原因,可惜我只是一个14岁的半大小子,健康活泼而又浑浑噩噩,因此无法得知父母的心事。好在我已经会说二氧化碳这个科学名词，于是我认定人类叹气时二氧化碳的含量比正常吐气时要高出好多倍。

和平大街的空气清新甘甜，街心的草坪和小树趟儿碧绿养眼。我在大街中部登上双木他们家的小楼。双木的父母很慈祥，情绪也比我父母的亮堂，我说我又来"勾"双木了，他们笑呵呵地说勾就勾吧。双木问我要不要骑车，我说那还用问？双木有一辆自行车，这在1966年的初中生里是不多见的，因此我很钦佩双木。双木如果有一辆旧车我也会钦佩的，但双木的车是嘎嘎新的车，而且是全国第一名牌"永久"，是亮晶晶的电镀货架，是倒链子时能唰唰发出悦耳声响的全链盒结构，这就更让人愉快得喘不匀气了。1966年，也就是今天的少年，如果有谁羡慕私家轿车，尤其是私家豪华轿车例如奔驰凌志之类，那么他就会在相当程度上体验到我当年的心情。

我跨坐在双木身后，看他瘦削的双腿一上一下倒动。双木骑车一般不带人，我是一个例外。我们在和平大街西南的一座水泥建筑物前停下，四处看了看，又鬼鬼祟祟讨论了一番，然后钻进建筑物，在一处黑暗不见天日的狭窄地方并排躺下。我的胫骨碰到一个硬东西上，没等我来得及哎呀，脑袋又被另一个更硬的东西碰得满眼金花。双木笑我笨蛋，没等笑完他也笨蛋了一把，他的腰被碎砖狠狠硌了一下，把碎砖拣出去他说还硌，我说你把鞋脱下垫上，你太排骨了。他说你也挺排骨的，说完还摸了一把，摸得我连声怪笑。双木就来堵我的嘴，指责我不懂隐蔽的原则。双木的手散发着一种甜甜的、令人难为情的香气,我猜测他一定偷抹了他妈妈或他妹妹的雪花膏。

接着我们悄声评价全班二十几个男生谁最排骨,事实上我和双木最排骨了,但我们都友好地将对方排除在外,转而寻觅并攻击其他同学,尤其是我们共同看不上的某些家伙。我们并不议论女生,这倒不是因为她们的皮下脂肪比较发达,而是因为我们不想议论,不屑("不稀的")议论。背后讲究女孩子,特别是讲究女孩子的身体如何如何,在我们看来,是一件比较烦人的丑行。那时我们还不会说"丑行"这种很正规、很成人化而且即将被全国高频使用的词汇,我们的替代词是"损事儿"。

排骨之后的话题是足球,不可能不是足球,不是足球我们就不会走到一起,进而躺到一起来了。那时沈阳老少球迷的福气大着呢,因为可供他们支持爱戴并能在全国"拔梗梗儿"的正规球队太多,计有辽宁队、辽宁工人队、沈阳青年队、沈阳军区队四支劲旅,联赛时四个本地球队遇到一起,就像自家蛐蛐跳进一个土罐,免不了要乱掐一通,这非常让我们心疼如水烫,却又没咒可念。除此之外,便是四队人马枪口对外,捷报哗啦啦频传的快活时光。

男生聚堆儿谈足球时,双木的段位还算可以,他是班里懂得从报上获取球讯的少数学生之一,所以他往往比别人懂得更多。例如别人只知道辽宁队有个穿8号球衣的英俊小子厉害,他却知道这小子踢的是右内锋。右内锋,多么咬嘴费舌头的专业术语！听众除了肃然起敬，还会有其他反应吗？然而双木不是轻易满足的少年，他要进一步显示成果，他像信心百倍的教师一样自问自答："知道这个8号叫什么吗？他叫'儿继德'。"这时我知道该我露露脸了，因为双木错把"倪"字念成了"儿"字。我刚要开口，忍不住却先乐出了声。双木莫名其妙："好模样儿的你乐什么？"我前仰后合地说："那不叫'儿继德'，那叫'孙继德'。"

一道光柱从左前方喷泻而下，密密麻麻的尘粒宛如鲜活的鱼虫在光柱里游来游去，漆黑的空间像湖底一般宁静凉爽。我说："双木啊，今天孙继德能不能进球？"双木膝盖一顶，我的尾巴骨疼痛钻心，连忙求饶："我不是故意的，我是说走了嘴，我想说的是倪继德，倪继德今天能进几个球？"双木撤回膝盖，气哼哼地说能进100个球！我说今天可是国际比赛呀，说好赛的是足球，怎么又改篮球了？双木扑哧笑出了声："还玻璃球呢！玻璃球没花瓣儿就是泡卵子。"我说："泡卵子一分钱一个，白给都不要，弹出去一点没准头。"

远方传来扩音器调试时的尖锐啸音，一个男的用嘎哑可笑的嗓子呃、呃、呃，呃个不停。不一会，便有男男女女粗一声细一声发言，发的都是主义、思想、阶级等方面的言，枯燥无味而且费解，经验中只有上数学课或俄语课时的感受与此类同，于是便有些朦胧思睡。幸而一个女的吆三喝四地登场了，她说起话来又快又伶，让人觉得还算比较好玩，例如"不获全胜绝不收兵"这句，那女的却像在喊"不让上床就卖烧饼"。我两眼微合,迷迷糊糊说最好卖糖烧饼,双木嘟囔说糖烧饼赶不上芝麻烧饼,我想说芝麻烧饼赶不上韭菜馅饼,但不知最后说了还是没说,因为我不知不觉进入了梦乡。

一阵吵闹声把我惊醒,双木赖叽叽地哼了一下,也是刚睡醒的动静。三五个半大小子从我们前边踢踢踏踏、磕磕绊绊地经过,两个丫头片子蹑手蹑脚地跟进,她俩没往远去,就靠在我身旁的水泥方柱上呼哧呼哧喘气,浅色的裙子一起一伏,一缕香气悠悠而来,比先前双木手上的雪花膏味似乎浓郁几分。

我鼻管发痒,心情紧张,也很担忧,就想把她俩撵走,双木捏了我一下,示意不要暴露。一个女孩说:"玲玲,我们再往里躲一躲,好吗?"叫玲玲的女孩说不用了,这儿挺保密的,谁也逮不着。然后她俩嘀嘀咕咕地说起了她们学校的那点破事,谁跟谁游泳去了或者谁又瞪谁了,诸如此类,没意思已极,说着说着嗓门就高了起来。

我实在憋不住了,伸出脑袋低声道:嘘——小点声!女孩们吃了一惊,转身看了看,笑说原来这还藏了两个小破孩!我说你们才小破孩呢,不好好在托儿所丢手绢,跑这儿来闹什么?玲玲说你们闹什么我们就闹什么。我说我们是来开会的。不知名的女孩问开什么会,双木说开全市学社论誓师大会。玲玲说骗人,誓师会早都散场了,再说也不叫誓师会,叫声讨会。我说为什么叫声讨会声讨谁呀?玲玲手指一晃说声讨你!别的不能干就能吓唬人,要不是我英勇,刚才一定被你吓死了,吓死鬼的舌头可长啦。我说吊死鬼才是长舌头。玲玲说别说了,再说我真害怕了。"哎，你俩串一下，让咱也往里靠靠。"说完就和女伴坐过来。

热乎乎的女孩身体与我的后背接触了一下，又脱离开来，只听玲玲说了句，你还喜欢足球呢，这么瘦！我顿时羞愧难言，脸上脖子上火烧火燎。躺在我里边的双木愤愤不平地说："你们不瘦，你们喜欢足球吗？"玲玲说不喜欢我们到这儿藏什么猫猫？双木说那你们知道什么叫越位？什么叫二过一？玲玲不语，不知名女孩也不语。双木轻蔑地啧啧了一番，说你们哪，太年轻、太业余、太掉链子啦。说完一激灵，马上坐起来："糟了！我的车忘锁了。"边说边摸摸索索往外爬，我说现在可是啃劲儿的时候，你出去可能就回不来了。玲玲则安慰说不会丢的，她爸有一回把车忘在外边，两天后才想起是忘在艺术宫了，颠颠儿去了一看，车还在那儿傻了吧唧地站着呢。双木问你爸的车锁没锁？玲玲就笑，笑完刚要答话，一束手电光芒在黑暗中亮起来。一个男的胸有成竹地呼喊："出来！都给我麻溜儿出来！别寻思我没瞅着你们。"

两个女孩使劲贴在我的身上，噤口噤声，我的心怦怦乱跳，有点透不过气来。那男的喳喳喳喳大步流星走过去，在里边的某个地方又一阵乱叫，居然真把刚才那帮小子诈了出来，拎了出来。一个个少年俘虏蔫茄子似的在前边慢腾腾挪步，押解人则在后边数落说，没票看球，多美呀，什么时候学的招儿？有人辩解说不是不想买票是买不着票，押解人说你是团体吗？是团体就发你票。

美丽的夏天

就你们那点水平也想潜伏?

假如玲玲不是特别爱笑的女孩,她一定能成为幸运的漏网者,因为押解人和俘虏正在稀里糊涂地通过我们的藏身之处,即将走远。押解人得意扬扬地说:"就你们那点水平也想潜伏?别把我当鬼子,我的视力比鬼子强多了,一点五都打不住。"有个男孩赶忙说,"大哥,你的眼睛一定是二点五",这时玲玲突然咯咯笑了起来,一笑就止不住,越笑声越亮,身子一抖一抖的,我认为即使有人狠狠胳肢玲玲,她也不会笑得这么厉害。

手电光闻声扫来,押解人便说:"哟,这儿还有两条小鱼呢,我还没下钩你们就伸嘴,急什么呀。"玲玲仍旧笑着,喘着:"你,你不是说,说你二百五吗?"边说边用胳膊肘轻轻杵了我一下,仿佛在表示再见的意思,然后和女伴站起来,迎着押解人大大方方走去,两个苗条的躯体把手电光弄得支离破碎,乱马人花。

四下里恢复了平静,双木忐忑不安地问,她们会不会叛变?玲玲在我身上留下的感觉依然清晰,我说放心吧双木,你叛变了人家也不会叛变。心里暗想,玲玲会是一个什么模样的女孩呢?我只依稀见她扎着两只抓抓辫儿,眼睛亮如星星,别的就无从看清了。但我觉得,像玲玲这样笑得无比开心的女孩,一定会长得非常好看。

头顶响起杂沓的脚步声、喧哗声、叫卖声。叫卖人甜蜜而悠扬地吆喝道:制冰厂的冰——果!一毛——俩。我知道幸福的时刻终于降临了,便和双木活动一下僵硬的肢体,最后瞅一眼看台下面这个堆满器材的、蜿蜒不见尽头的封闭场所，贼悸悸地登上沈阳市人民体育场的南看台。

白云朵朵，天色柔和，但仍然把我看惯黑暗的双眼晃得金不是金，银不是银。北侧主看台上伟大的毛主席还在画框里浅笑，可是上午誓师会或声讨会的横幅标语却不见了，代之以"热烈欢迎阿尔巴尼亚足球队！向英雄的阿尔巴尼亚人民学习！致敬！"的红底儿白字的喜兴词。土黄色的场地内，有一辆天蓝色洒水车正在喷薄巨扇状清凉液体。30年前的沈阳还没有一块草皮球场，人民也不知草皮球场才是国际时兴的高级球场，人民满意地坐在粗糙的水泥阶凳上，诚朴，友爱，兴高采烈，至少看上去兴高采烈。间或也有人不失礼貌地打量我和双木，甚至有一个女孩递过纸张，建议我们擦掉头发上的蛛网和灰尘。女孩的脸庞很秀气，眼睛很亮，可惜梳的是齐耳根的短发，嗓子也太细。

那天辽宁队踢得相当不赖，8号倪继德的底线传中和小角度射门命中更让人民欢声雷动。人民通常对领袖才如此欢声雷动。阿尔巴尼亚人的表现也让大家激动，他们即使不踢球，光在场上跑一圈大家也会激动的。那时人民极少见到外宾，尤其是白人外宾，苏联不跟中国好了之后，黄发碧眼的白人外宾愈发像精粉一样叫人珍惜。精粉是特供，通常只卖给高干，春节时才卖给普通人家一户二斤。

火烧云冉冉浮动的时候，我和双木随着欢乐的人流涌出体育场。我从未见过那么漂亮的火烧云，高高的，远远的，刺啦啦冒着耀眼的彩色光辉。

在一棵老榆树下,我发现了双木那辆永久牌新车,也是那么……傻了吧唧地站着,双木惊讶地说,连铃盖儿都没人拧,真笨。

我们几乎一天没吃东西了,但我们不知道饿,我们也不愿共乘一车,而是并肩于街头踢哩堂唧地行走,争抢着回忆球赛的重要细节。双木的小脸儿被晚霞烤得红亮亮的,表情纯洁动人。我肢体舒展,满心喜悦,丝毫不知这逐渐飘逝的一天,将是我和双木兄弟般真挚交往的最后一天;也丝毫不知我们正在谈论的国际球赛,将是沈阳在1966年的最后一场球赛,甚至是沈阳在60年代的最后一场球赛。

不久,沈阳城癫痫病似的疯狂起来,人民呼号嚣叫,转眼间面目全非,难以确认。我的父亲成了可怕的坏人,我也被当作卑贱动物的后代加以管教。学校里卑贱动物的后代数量可观,有一天,我们秩序井然地进入一座小楼挨打。打人的人虽和我们一样年轻,却比我们光荣、正确、威猛。棍棒飞舞中我惊骇地发现,一个体态窈窕的狠毒少女,竟然梳着和玲玲一模一样的小抓抓辫儿。我更加惊骇地发现,双木扎着军用皮带,在人群里紧握拳头,神色严峻。开始双木并未参与打我,只是默默旁观,似乎有些犹豫,有些羞赧。后来打我的人逐渐多了,他才大喝一声,于混乱中用力踢我一脚或是两三脚。我和双木从前曾交流过足球的脚法,彼此均熟知脚尖、脚背、脚内侧、脚外侧等术语,但此时我已栽倒在地,处于半昏迷状态,故无从

一个体态窈窕的
狠毒少女,竟梳着
和玲玲一样的小
抓抓辫儿

判断双木的脚法，只是格外感到疼痛、惊恐和悲凉。窗外满树黄叶，雨雪交加，我两耳轰鸣，口鼻蹿血，便紧抱头颅，闭目遥想美丽的夏天，以及夏天里的少男少女，两行热泪滚滚而出，索性放开喉咙，呜呜大哭。

一晃几十个夏天过去了，我和双木人各一方，毫无来往，甚至连音信也没有。当今社会，通信发达，想见个面其实不难，但我不想，双木可能也不想。我想见的是那个叫玲玲的小姑娘，当然，事隔多年，即使有缘相见，也未必能认出来。值得一提的是，在洛阳的一家旅馆里，我惊喜地邂逅了另一个人物，他就是我和双木少年时的偶像倪继德。印象中生龙活虎的一代名将倪先生，其时已鬓发斑白，面容憔悴。当我提及1966年夏天的那场比赛时，倪先生双眸一闪，似有英豪之气贯通，却不言语，只是出神地盯着房间里的某样器具，半晌，才淡淡地说，那时他真是好饭量。

1996年2月7日

想起
绕阳河

纽约我的寓所附近,有两条世界著名的河流,一条叫东河,一条叫哈德孙河。在东河,可以看联合国大厦,在哈德孙河,可以看自由女神像。当然,人们看到的远不止这些,还可以看到更多的东西。譬如我,就常常在两条河水的粼粼波光中,看见另一条河向我闪闪发亮。这条河,就是辽西平原上的绕阳河。

到美国后,有时我跟老美打趣,用囫囵半片的英语略抖咱国一小包袱,老美居然嘎嘎笑个不停。然后问我,中国人都像你一样爱开玩笑吗?我就说我是最孬的一个,但凡好一点的都不敢派出来，怕把你们一州又一州的人都笑岔了气，于心不忍。说这话时，我往往想起苦中作乐、笑口常开的绕阳河父老乡亲。美国是既富裕又幽默的国家，但有些老美却据此认为清贫的民族像缺钱一样缺少幽默。他们忘了，幽默是全人类的天性。幽默与资金截然相反，是谁也不能垄断的。

绕阳河的人勤劳朴实，诙谐爱闹，喜欢聚堆儿。

诙谐这种东西，和妙龄少女一样，最耐不得寂寞。少女思春，诙谐思群。天下这么大，还没听说有谁关起门来一个人孤孤零零偷偷摸摸诙谐的。单人牢房里的乐天派如果想幽上一默，也得趁狱卒送饭时抓紧进行。

那时绕阳河还在人民公社治下。作为一种废黜多年的生产方式，人民公社纵然有一千条缺点一万条错误，但至少有一条让人怀念的好处，就是给生来爱热闹爱开玩笑的绕阳河人提供了天天聚集在一起的良机。春种秋收，夏锄冬储，田间地头，场院队部——绕阳河叫"队窝子"，不时就能听到一阵又一阵笑声。一根高粱垄长得一天铲不完，即使铲完了明天还有一根更长更荒的。一顿饭俩大饼子一疙瘩咸菜，顶多还有两根筷子。大米干看（干饭），粉条留着（溜子），鸡蛋搁着（羔子），猪肉走着（肘子），人再不逗个乐子解解乏顺顺气，人跟牲口还有什么区别？吃草与否，打响鼻与否？

不知为什么，绕阳河往往用"屁"和"泡"这两个字来形容与开玩笑有关的事情。"这小子挺屁"、"那家伙挺能泡"，所指的都是嘻嘻哈哈能开玩笑，没有什么贬义夹在里边。如果愣说有贬义,也是一种亲昵的、笑骂型的贬义。

能泡的人是红花,经得起泡的人是绿叶。有了这两种人,人群才更像人群。我比较幸运,在知青时代,以及后来在工厂、在大学、在机关,总能适时遇到红花和绿叶,从中得到无穷的欢乐和慰藉。

绕阳河红花一丛,小强子最红。

绕阳河绿叶一岸,福德子最绿。

小强子土一点说是屁小子,酸一点说是传播笑声的使者。这个十八九岁的娃娃脸小个子仿佛就是为了开玩笑才生到世界上来的,肚子里什么也不装,单装一样东西:俏皮话或曰"屁嗑儿"。小强子是最受欢迎的人,他在哪儿干活哪儿热闹,于是派工时便得不到看青、铡草之类游兵散勇相对自由的俏活,而是永远跟着大帮劳力一起行动。他能讲一囤子笑话,荤的素的全在行。素的清新活泼,老少妇孺咸宜,拿到县委去也挑不出毛病。再往上就不好说了。级别越高越有水平,越能控制笑。笑也有级别。像我们这样咧嘴傻笑的一看就是一百级以下的基层群众。

我特没出息,小强子那么多优秀的素型玩笑我大多忘了,偏馋猫似的记住些荤的。荤的不登大雅之堂,偷嘴和尚吃肉得鸟儿悄儿地嚼。比如东北乡间流传的"四大"型顺口溜系列:四大蔫、四大硬、四大舒服、四大累、四大红、四大黑等等。每一套的头三句都挺家常,仅起铺垫作用,末了一句准下道儿,令人忍俊不禁又羞于复述。这种顺口溜小强子知道的比谁都多,

能一口气说出几十套,其中仅"四大绿"这一套不沾荤腥:

青草绿,

西瓜皮,

王八盖子,

邮电局。

素则素矣,却似乎对邮电这一行业有不敬之嫌。幸而只是逗乐,吃农业粮的占一点吃皇粮的口头小便宜而已。如有人笑说小强子贬低人民邮政,小强子就说他贬的是败家的皇帝——跟洋鬼子干仗没能耐,连穿衣戴帽这么点儿事也办不利索。当初那么多颜色,挑什么不好,单挑了个西瓜皮色儿,害得邮差从清朝一直绿到民国,从民国又绿到现在。迟早得当四旧破了,改个红色儿的。人多量大红颜色儿怕不够用,就得暂时穿一段粉红色儿的。

"同志们哪",小强子噗噗吐了两口气,给想象中的麦克风试试音,"国家有困难哪,要体谅啊。一穷二白嘛,粉红色来之不易啊"。

小强子还擅长一种极特殊的猜谜游戏,叫荤闷儿素猜。

歇气时,大家在地头横躺竖卧,齁喽气喘。我们几个男知青凑到小强子跟前,听他的笑话抽他的烟,偏又不会卷,灰绿色的"蛤蟆癞"在狭长的烟纸上一疙瘩一疙瘩,活蛤蟆似的不肯就范。小强子于是飞快地卷好几支松紧适宜的喇叭筒,每支

都留出个三角形纸边儿,一一递过来,让我们自己用吐沫粘牢点燃,然后说:

> 今天来个绝的,考考同志们的觉悟——
> 叫你上炕你不上炕,
> 你要上炕就攮上。
> 攮进去生疼,
> 拔出来通红。
> 你们猜这是干什么呢?
> 说完环顾四周,面容严肃。

我们在粉干的土坷垃上面笑得死去活来,思路惊人的一致,七嘴八舌,纷纷指向人生那件大事。

小强子拊掌长叹,无比惋惜地说:"年轻人哪,警惕啊,别犯错误啊。"

大家如狼似虎扑上去按住小强子,逼问答案。

小强子满身满脸是土,一字一顿地说:"杀、猪。"

于是人们又笑得死去活来。笑声中我不解地问:"杀猪怎么在炕上杀呢?"

"不是在炕上,是在炕桌上"小强子解释,"绕阳河杀猪都在炕桌上杀。把炕桌从炕上拿下来,把猪放到桌上,扑哧一下,记住了,捅这儿。"他用指头点点自己的咽喉,"别乱捅。"

接下来的几个谜语和上一个的功能毫无二致,都是在谜面摆出一串串挺邪乎的字眼，引诱你不得不做非分之想，而在谜底却出人意料地托出刷牙、洗脸等极其平庸无奇的事项，从而使得小强子有机会一再痛斥我们的世界观太成问题，的确应该好好接受贫下中农的再教育。

说来好笑，我的青春期教育就是在这种奇特的玩笑方式中进行的。我后来在工厂宣传科和政府部门写总结材料，那些深为各级领导赞赏的"一揭二摆三提高，五讲六议七对照"，以及"四个批判、四个可靠、四个大变、四个不要"等等，也在相当程度上得益于小强子的顺口溜四六句。每逢得到上级夸奖，我沾沾自喜之余，总是惴惴不安，有贪人之功为己有的心虚感。用今天的话说，仿佛侵占了别人的智慧产权。

有小强子在场的地方，几乎总能看到福德子静静地坐在一边微笑。他肯定不止一次地听过这些谜语或笑话，但他从不抢话，从不夺戏，他生来就是给小强子这种人配套用的。

福德子那时二十多岁，笨嘴拙舌，黑瘦能吃，光棍，家里只有一个老父亲和一个老奶奶，都是一杠子压不出个响屁的木讷之人。祖孙三代厮守一个空落落的土屋，死静死静，从早晨起来到睡觉时分统共说不了十句话，不外乎吃饭、喂猪、挑水、止灯之类。福德子就不愿在家囚着，有事没事总往队窝子钻。开会、上工第一个到，分病马肉或老母猪肉也是第一个到。第二个到的通常是小强子。我们的青年点就建在队窝子院里，有时小强子和福德子也到我们这边坐坐。

小强子虽是绕阳河著名的泡将，在泡字上却也有一怕，怕就怕一不小心泡过了火,被泡的人呛不住了,一急眼,大家都讪了吧唧的。所以在同辈人中,小强子最喜欢泡福德子。偏偏福德子又最经泡,承受能力最强,总是笑呵呵的。来者不拒,照单全收。有一次开会,主持人尚未进屋,小强子捞起一张报纸,才看一眼,就大惊小怪地说:"哎呀,这上面有一封公开信,是给福德子的。"众人一听来了兴趣,让小强子念一念。小强子干咳两声,张口诵道:"福德吾儿,见信如面……"众人大笑,福德子也笑。我问福德子,人家那么占你便宜,你咋不急眼呢?福德子笑说:"急啥眼急眼,人是闹着玩儿呢。"

福德子对城里人非常敬重,路上见了知青,便偏了身子叫知青先过。队窝子里见了知青,便让出炕面叫知青坐。见你客气,就使劲拽,铁硬的大手把你的胳膊箍得死死的。福德子最喜欢听知青讲沈阳城里的种种趣闻,太原街的圈儿楼,东北电影院的三层看台,清故宫的大世面(大石面或大十面),铁西区的烟囱林——冶炼厂那两根烟囱最高,冒的烟都能把太阳老爷儿团团裹住,号称中国第一亚洲可能也第一,听得他不断用舌尖去舔黑紫风干起白层了的厚嘴唇,十分向往的样子。

每逢知青白话沈阳,小强子虽有些神态黯然,却听得非常留意,不再插科打诨,好像也忘了泡一泡福德子,尽管福德子有时提的问题傻乎乎的,可笑至极。多年以后,即使远隔重洋,身在异国,我仍能清晰地回想出小强子和福德子当时的专注模样。

小强子出事的那年夏天,天气奇热。

下午，我们在菜地里起土豆。小强子火走一经，突然议论起毛主席的诗词来。

"主席诗词那是没得说，个保个的好。就是这一句我弄不明白：'土豆烧熟了，再加牛肉。'土豆都面了，牛肉才下锅，也不赶趟啊。等牛肉烂乎了，土豆早炖飞了。"

当时大家哈哈一笑，谁也没当回事。

不料传来传去，竟传到公社，说绕阳河有人居然对主席思想如何如何。公社不敢怠慢，立即派员前来调查，找小强子到队窝子谈话。

我们几个不放心，悄悄猫墙根儿底下听声儿。

开始屋里气氛非常紧张，小强子慌了神麻了爪，支支吾吾的，与伶牙俐齿的往日判若两人。不知是他思维短路一时忘了呢，还是他平素过格的话太多，拿不定主意怎样交代才能避重就轻，公社干部东敲一句，西诈一句，小强子还是懵懵懂懂的不上道儿。公社干部便啪啪拍炕桌，说小强子不老实。这时忽听有人大声喊道：

"小强子没反毛主席，他就是说，就是说，说……"

"就是说什么？"

"说、说毛主席不会炖肉。"

静场片刻，哄堂大笑。

我们抬起头，贴着窗格子往里看。其实不看也能听出说话的人是福德子。谁也不知道他是什么时候闯进去的。

福德子站在地当央，磕磕巴巴讲那天土豆地里发生的事。

两只手可能情急中没地方放,便紧攥着两条裤缝,裤子皱巴巴地上提,露出黑瘦的踝骨。

公社干部问队长,福德子是谁。

队长说福德子是贫雇农,家里连出五服的亲戚都算上,也没有一个有钱的。

公社干部命福德子出去,说没他什么事。

福德子却扑通跪在地上,连连说小强子是好人。

我们几个知青也趁势进去求情,只见福德子比别人矮了半截身子,灰黑的旧布衫后背一圈圈黄白色的汗渍碱痕。

公社干部让福德子起来,说谁也没说小强子是坏蛋啊。看来,传闻有些走样,小强子也就是个认识问题。

这时队长指着小强子便骂:"你个小鳖犊子,说你多少回了,就是没脸,欠揍!整天嘴巴郎唧的,一点不走脑子,逮谁泡谁,连毛主席你也——"

又换了恭敬口气对公社干部说:"这小子干活还不藏奸,就是缺心眼,孩子嘛。再者说,议论毛主席不会炖肉也不为过,毛主席那是省钱,是把心思都放到革命上了。"

"毛主席不是说自己,是说苏修,说赫鲁晓夫不会炖肉。"公社干部和缓地纠正,"你们哪,光埋头干活了,学习忒差。"

"是,是,学习忒差。"队长又狠叨小强子一句,"还不快认错,木头橛子啊?"

小强子终于从紧张和恐惧中缓过神来,喃喃说:"我对不起毛主席,对不起共产党。通过各级领导和广大群众的耐心帮助，我深刻地认识到，不是毛主席不会炖肉，是赫鲁晓夫不会炖肉。所以毛主席说不许放屁。毛主席说了，我还屁，我就是赫鲁晓夫的跟屁虫。"

大家全忍不住笑了。福德子也傻乎乎地笑了。

事后，队长说小强子摊上好人了。要是换一个狠心肠的人来办案，没二话，先胖揍一顿，解县大狱押起来再说，押起来还是轻的呢。又说，没看出福德子吭哧瘪肚的，节骨眼儿上还真敢造，为朋友两肋插刀，啥都不怕。

这时福德子信口说了一句话，这句话日后曾广为传播，并被小强子说成是绕阳河第一大名言。

福德子说："怕啥怕？咱一个老农民，还能把咱下放到城里去呀？"

事隔不久，我们结束了几年的插队生涯，卷起铺盖卷儿回城。我们是末代知青，下乡晚，回城也晚。我们走了，绕阳河就没有一个沈阳学生了。

走的那天早晨，天空乌秃秃的，阴得厉害。小风也嗖嗖的，把干枯的苞米叶子吹得可院子乱窜。小强子和福德子都到小队窝子来送行，话却不多，只是帮着往马车上装行李，再"花"上粗麻绳，用榆木绞棍勒紧。

我摸出一盒"大生产"，这是绕阳河一带能买到的最好的香烟了，三角五分钱一盒，烟盒上画着一个工人，还画着一个农民，工农二人并肩站着凝视远方。

小强子不抽，福德子也不抽，而是纷纷掏出自己的烟荷包，

把农民下放到城里去

让我们最后来一袋蛤蟆癞。

马车上路的时候，福德子眼圈微微发红，小强子则庄重地说了一段毛主席语录：

"越是艰苦的地方越是要去，这才是好同志。"

知青们轰的一声全笑了，小强子和福德子也笑了，但笑得有点凄然，有点伤感。他俩站在灰淘淘的土道边上，不断向我们挥手。小强子挥手的姿势豪爽洒脱，特别像某些大人物，我疑心他事先练习过或者天生就有这种气派。福德子则显得笨拙呆板，手指也不并拢，胳膊也不打弯，就那么硬撅撅地杵在空中，宛如一根无叶的树枝。

回城后，日子一天接一天过去，生活变得很厉害，但绕阳河的记忆并不褪色。出国后，见过一条又一条显赫的西川洋水，我却还是忘不了默默无闻、涓涓细流的绕阳河。前不久，接到国内一封来信，是昔日一个知青朋友写的。他说小强子曾到沈阳去了一趟，包了辆出租车，从铁西到和平，从沈河到大东，简直逛遍了全城。小强子当年的娃娃脸上已经有了深深的皱纹，但仍然能说能笑能"屁"。小强子在村里开了个小卖店兼小酒馆，有事没事大家都爱到他那儿坐坐，嘻嘻哈哈之中生意便红火起来。

福德子的生活却不红火。福德子为人那么好，按说也应该有些福气，偏偏就没有，不到四十岁就撒手离开了人世。在福德子生命的最后一段时光里，公社不叫公社叫乡了，社员不叫社员叫个体户了，人们干活时便化整为零，各自为政。福德子在家里话不多，在地里话更少，顶多跟父亲说一声歇歇吧，父亲就说歇歇吧。父亲和奶奶相继过世之后，福德子几乎用不着说话，铲地时铲着铲着就直腰了，拄起锄杠愣喝喝地看着远方，也不知看些什么。

福德子是喝农药1059自杀的，死了两天才被发现。福德子不喝1059也得死，他身上长了瘤子，不是好瘤子是坏瘤子，而且已经飞了。发送福德子那天，小强子跑前跑后，出的力最大。封棺时，小强子撕肝裂肺般哇哇大哭，哭着哭着突然喊一声别钉了！人们一愣，只见他把一只半导体收音机的后盖儿打开，从怀里掏出几节电池，按正负极一一装好，扣上盖儿，抻出天线，再把半导体小心翼翼送进棺材，然后哭说："从今以后，年年今日，我给大哥你供一副强力新电池！"

半导体是福德子的。福德子苦了一辈子，临死前一年终于拥有了这一心爱的物件，每天揣在怀里从早听到晚，稀罕个没够，隔三岔五就到小强子的店里去换电池。福德子最爱听东北笑星表演的农村小品，听着听着就叹息说："小强子白瞎了，小强子也应该上电台……"

1994年　春
于纽约

游大寨

写完标题愣了一会儿,多年以前即使喝醉了酒也不敢这么写,上面树了大寨,不是让你"游"的,是让你学的。学有两种,一是在原地学,二是到现场学。中国辽阔,山高水远,能亲身到大寨走一遭的都不是等闲之辈。我在东北当知青的那个地方,只有县委书记一人有此幸事。回来后,他在有线喇叭里给人们念铅印或打印的现成材料,纸页翻得哗哗响,语气高昂、神圣、自豪。和我一起听广播的社员们十分钦佩,认定他是见了真佛,沾了仙气。也有人悄声说,书记这一趟,伙食孬不了,一准吃到了肉菜。地富子女则神色肃然,不敢议论半句。"学大寨"不是闹着玩的,又要大干,又要大批,一不小心就会出事,被弄出来"祭旗"。

那时的大寨,简直就不是个村子,是圣地!大寨农民种的好像也不是庄稼,是经验,是典型。印象中,除了毛主席太忙、林副主席机毁人亡之外,国家领导人几乎都到过大寨。而且,大寨本身也出国家领导人。这样一片非凡的山河,在大家心目中的地位,是现在年轻人所无法想象的,追星族无法想象,非追星族也无法想象,除非他知道近年来一个时髦而又离奇的说法:美洲一只蝴蝶轻轻扇一下翅膀,可能引发千万里以外的一场风暴。

我们这一行,有三个男人,当年都在宣传部门当过干事。此外,还有一个刚毕业的女大学生小雪,现任职于一家广告策划公司。车子上午从北京出发,有赖于高速公路的帮忙,三个多小时就上了太行山脉,进了昔阳县城。先去找县委,在办公楼前留影,办公楼与别处的不同,仍高耸着"毛泽东思想万岁"的大标语。小雪姑娘纳闷:这个楼的造型并不出奇呀?我们便慈祥地笑了,耐心解释昔阳与大寨的关系,复述曾经响遏行云的战斗口号——学大寨、赶昔阳。县委院外有个广场,空旷平展,搞个千人集会一点不成问题。遥想当年,这里一定经常出现水泄不通的热闹场面。现在,却只有零星几个半大小子在打台球,高一声低一声地嚷着,水泥砌就的主席台便显得冷冷清清。

然后去县街上的小饭馆吃刀削面。服务小姐从卡拉OK包间里迎出来，她虽描着眉，涂着口红，表情却挺朴实，手脚也勤快。我们问有什么酒，小姐报了几种外地名牌之后说，还有一种是大寨产的。"大寨春酒，春满神州"，众人应声吟诵。这是一句广告词，刚才我们已经在街墙上读过几次了，觉得春酒的叫法挺别致，挺引人遐想的，疑是一种药酒。现在一见实物，才知这春酒其实就是白酒。

车出昔阳，有一条很好的公路连接大寨，行人车辆悠然通过，树木电杆相看不厌。突然背后响起警笛，几辆豪华轿车呼啸超过。跟着有警笛的车可以狐假虎威，我们便跟着，跟着跟着就到了大寨。一个官员模样的人钻出豪华车，被人簇拥着进了接待室。原来他们的目的地也是大寨。

尽管我是第一次来，对大寨的门脸却不陌生，认出这是昔日媒体无数次宣传过的标志性建筑，是众多典型人物进进出出的典型环境，便站了过去，请小雪姑娘照相。小雪手快，我这边刚挺直腰板儿，她那边咔嗒一下就按了快门。

"景照全了吗？"我不放心。

"照全了，您左边是自力更生，右边是奋发图强，两条大标语一个字不少。"

天阴得厉害，大家担心下雨，决定先去看名闻天下的虎头山，回来再进村子。套用一句大寨经验，叫作"先治坡，后治窝"。

汽车开到转弯处，有农民就着公路的硬地儿打谷子。都市女孩看着新鲜，下了车，喊一声大爷，讨过连枷，轻一下重一下地拍起来。我站在路边，看着坡上的庄稼，山脚的村庄，心

跟着有警笛的车
可以狐假虎威

里吃了一惊,觉得大寨并不像我想象的那么大。听打谷子的老汉说,全村过去只有七八十户人家,现在多一些了,也才一百多户四五百人。以我当知青时的概念,七八十户只是小村子,大多偏僻荒疏,远离城镇,而大寨距昔阳县城不过几里地,若步行,溜溜达达一会就到了。东北老乡管这样的地方叫城边子。我插队的那个县比较疼爱子弟兵,安排在城边子落户的俱是本县知青。大寨的地理位置如此优越,也是我原来没有料到的。想一想又有些释然。离县城近,离上级也近,便于发现和指导;地方小,麻烦也小,便于把握和解剖。这些虽不敢说是产生典型的决定性条件,至少也是不可忽略的有利条件。然而,当年的宣传材料好像没谁愿意强调这些。

汽车开到半山,不让再往上开了,再往上得步行,同时得买门票。小雪问卖票人,虎头山在哪儿?卖票人一指:这就是虎头山,也叫大寨森林公园。

公园,公园,我端详着印制精美的五彩门票,喃喃自语。从公社到公园,从"学大寨"到逛大寨,这时代变得真叫一个厉害。

穿过公园味儿挺浓的楼榭台阁、饭馆商店,顺着小路曲折向上。树丛中有一个凉亭,是周恩来总理1974年登山时的休息处。迎面,矗立着一块平面巨石,"虎头山"三个大红字熠熠夺目,是叶剑英元帅1977年的墨宝。远山的林海红黄灰绿,色彩斑斓,秋意正浓。游人不多,且基本是举止稳重的中老年散客。没有考察团,也没有学习团或取经团。这些团现在都爱往国外跑。我和两个北京口音的小伙子搭讪,他们是路过这里,顺便看一眼,而主要是想去邻近的县份看古城,看票号,看晋商,看乔家大院。"乔家大院拍过电影,《大红灯笼高高挂》,特火。"小伙子热情洋溢地说。

山渐高,视野渐阔,脚步渐缓,不知不觉停了下来,望着远远近近的自然景物出神。说是自然,其实并不是纯粹意义上的自然。大寨有田七百多亩,原先东一疙瘩西一条子,分散成四千多块零星小地,经过长期艰苦卓绝的努力,才形成眼前这个局面,风靡一时的大寨红旗由此漫卷天下。狼窝掌,海绵地,人造小平原……这些曾经如雷贯耳的名称在心中已沉睡多年,此时又一一冒出了头,仿佛久违的朋友冷不丁闯上门来。一支旋律悠扬的老歌也苏醒过来,被我轻轻哼出:

一道清河水,

一座虎头山,

大寨就在那个山下边,

七沟八梁一面坡,

层层梯田金闪闪……

的确金闪闪,毫不夸张地说,这里曾是中国"含金量"最高的土地,当年每一棵苗,每一把土、每一块石头几乎都能摊上一首赞歌,一篇颂词!眼前有景道不得,崔颢题诗在上头。各路高手已把风光写尽,后来者只能望洋兴叹。中国当时究竟产生了多少与大寨有关的文字，恐怕永远也无法统计了，只知道京城、省城和地区的各种传媒在此地常设记者站，一年365天瞪大了眼睛，备足了墨水和胶片，等着制造新闻。更有数量远远超过村民的笔杆子络绎不绝，前来采访、归纳、升华。其中最有影响力的，当属一代文化巨匠郭沫若。他不但亲率研究人员来访，题诗一首，而且临终前还留下遗嘱，将骨灰撒于大寨的土地。如今，虎头山上给他立了一块纪念碑，碑上刻有他的亲笔诗文《颂大寨》——

全国学大寨，

大寨学全国。

人是千里人，

乐以天下乐。

狼窝成良田，

凶年夺大熟。

红旗毛泽东，

红遍天一角。

以现在的眼光看，这诗过于直露，甚至有喊口号之嫌，如果不是求快，可能会写得艺术些。不过，诗中涌动的景仰、尊崇之情，却是非常充沛的，诗人的赫赫大名题在上面，分量就更重了。此诗写于1965年，其时，毛泽东刚刚发出"农业学大寨"的号召没有多久。近处竖着一个说明牌，指点着游人："碑下那块基座象征砚台，碑后那面白墙象征纸张，墙后的松柏象征着如椽的巨笔，表明郭老对大寨有永远诉说不完的心曲。"

郭沫若纪念碑东侧，就是永贵大叔的陵墓。叫陵墓应该没有问题，因为它的名气、规格、占地、用材和气势都不是一般坟墓所能望其项背的。永贵大叔的半身石像恢宏伟岸，比真人大出几十倍，老人家憨厚的笑容和深长的皱纹，连同那著名的羊肚巾和对襟衫，曾令亿万人心向往之，感慨系之，如今已被石头塑成了一言难尽的历史。石像身后，是更加恢宏的一溜青石阶梯，自下而上，雄踞于虎头山腰，状似沈阳东陵努尔哈赤墓前的"一百零八磴"，却比"一百零八磴"多出许多磴。这些磴的数目据称都有说道，分别暗合着死者的年龄、党龄、官龄等等。石阶顶端是坟头和墓碑。墓碑由华贵的汉白玉雕成，碑脚有供桌，碑头有双龙，双龙还护着一个精致的圆球。碑面无落款，只刻着一行金字，"陈永贵同志永垂不朽"。

按说，在墓碑上雕龙容易让人联想到封建色彩，"同志"等字样出现在上面就不合适，"同志"一般和五星一类的图案配套。可是，细一想也不尽然。既然大家都是龙的传人，用一用龙有何不可？皇帝用得，农民就用不得？皇帝用龙是封建，农民用龙是吉祥。不过话又说回来，如果永贵大叔只是一个普通农民，他不会有这么大的墓，这得耽误种多少庄稼啊。可是，如果他仍然当着副总理，他也不会有这么大的墓，国家领导人身后不提倡土葬。陈永贵是中国历史上最奇特的农民式副总理，或副总理级农民，这样一种身份既空前，恐怕也绝后，于是，他的安息之地就成了当今社会独一无二的农民陵墓。他去世时已无权无势，但人走茶不凉，大家仍念他的好，念他的不容易，念昔日之辉煌，世事之沧桑。想想真是令人长太息。

我们几个前宣传干部在墓旁肃立，向老人家致意。小雪则摘了一枝野菊，轻轻置于供桌之上。一个肤色黝黑的村童拎着塑料袋，在草丛中拾拣游人遗弃的可乐罐和矿泉水瓶。那位用警车开道的官员，这时也出现在墓前，看上去他不过三十几岁，身穿考究的运动衣和耐克鞋，步履矫健，英姿勃发。环伺左右，向他介绍情况的陪同人员长相都显老，却殷勤备至，恭谨有加。看完墓碑，官员一行顺着青石阶下山，边下边查台阶数。秋风传来阵阵话语，是他们在争论说，陈永贵当了多少年的中央委员，又当了多少年的政治局委员。

村子里看不到游人，感觉很安宁，打扫得也干净。村中央那棵著名的四权大柳树依然青翠繁茂，树下的空地也不是一般的空地，曾被称为阶级斗争的战场、斗私批修的阵地、社会主义的营垒，叫来叫去都跟打仗、跟斗争有关。那年月大轰大嗡，爱用军事术语，连就餐时都说，把这碗饭"消灭"掉。陈永贵有句名言，或者是笔杆子们帮着弄出来的名言："什么是学大寨的根本？就是学这个斗。"

鲜为人知的是，陈永贵在树下也挨过斗，身子捆着，耳朵支着，听众人嗷嗷喊叫。罪名：汉奸，"新亚反共救国会"的伪代表。为此，他还险些影响了入党。后来，万千秀才妙笔生花时，没谁把这一段当"花"，不约而同都伸出剪刀，喊咔咔

游大寨

嚓弄掉完事。尽管陈永贵这是奉命行事，是身在曹营心在汉，但伪代表毕竟不是好词，因此而挨斗也不好听，不该与模范典型联在一起。与其说秀才们关照陈永贵，不如说时代需要陈永贵。当初，华北61名被捕干部填写自首书也是奉命行事，出了狱该做什么还做什么，但后来的形势需要有叛徒了，他们就成了叛徒。

大寨还有一些做法，过去不曾被人提及。比如自作主张，偷偷给表现好的"四类分子"摘帽，按劳计酬，不克不扣，不搞侮辱性的定期训话。丰收后，"地富"欠集体的粮食和社员一样，全免。外村把大寨的一个富农弄走，差点整死，陈永贵当机立断，派人把他抢了回来。中国出身不好的人都有一段不堪回首的卑贱经历，当他们被"学大寨"的烈火烤得死去活来的时候，他们哪里想得到，堂堂大寨竟是灯下黑，是兔子不吃窝边草。我至今忘不了我们村的一名下放右派，他看任何人的眼神都是极温顺的，牛马还有瞪眼睛的时候，他却永远温顺，永远干最脏最累的活，并随时准备站出来，习惯性地垂下头，垂下手，接受人们训斥。他手上的茧子比谁的都厚，钢笔字写得比谁都好。他的景况不断提醒大家注意，不要贸然向代表正确路线的上级提意见，光顾工作不顾自己身体之类又当别论。

我们村还有一个清秀女子，性格谨慎，少言寡语，皱起眉来特别好看。冬天修大寨渠炸土石方，雷管出了毛病，轰隆一声响，她的脸和眉毛就不见了。盖尸首的苇席不够长，露出一双男女通用的黑棉胶鞋，鞋带系得很认真，是小巧的蝴蝶结。

死者没评上烈士，死了也就死了，因为她的父亲有"历史问题"。她和小雪姑娘年龄相仿，她修过的那条水渠早已废弃不用了。

星移斗转，大寨善待"地富"的事如今终于浮出水面，却恰好派了另一个用场，被当成陈大叔富有人情味的例证。耐人寻味的是，雷锋这个典型也有过类似遭遇。宣传他艰苦朴素时，说他有针线包；宣传他热爱生活时，又说他有皮夹克和手表。这种宣传方式由来已久，妙不可言，只是老百姓对它并不怎么感冒。我从农村抽调回城后，在工厂搞过一段宣传。有一回，我到车间了解一个人的情况，五六个师傅大眼瞪小眼，谁也不发言，小豆干饭，闷起来看。可怜我那时刚20岁出头，业务上还不熟练，阅历也浅，只以为自己的学生腔太重，让大家见外。闷了一会儿，一个师傅憋不住了："你打听这个人，为的是啥？是想批判还是想表扬，给个痛快话。"我赶紧说是表扬。师傅嗨了一声，嘻嘻哈哈道，"你咋不早明确，我们也好有个遵循，他要是红花，咱就添一把绿叶，他要是让公安局逮了，咱就挖他阶级根源，横竖不能让你空手回去。"一席话说得我恍然大悟，群众果然是英雄，讲什么，不讲什么，心里明镜似的。

看到这里，搞宣传的人，或写材料的人，亲爱的同仁们，各位应该会心一笑。你们笑不笑？你们不笑，反正我笑，我不笑别人，笑我自己，尽管笑起来有点疼。我点灯熬油，辛辛苦苦，写过不少"县团级"的典型材料，一二三四，因为所以，当时很满意，现在想起来却脸红。当然，这事不能全怨我，按惯例，我可以把责任像盐碱一样，泡到历史的大水盆里，溶化得杳无

他要是红花，咱就添一把绿叶；他要是让公安局逮了，咱就挖他阶级根源

踪影。但我仍然不好受,"水"是苦涩的,毕竟不能与你无关。

如果单就写材料而言,路子不对似乎纠正了就行。问题是写材料这件事对我的生活方式影响很大,不知不觉竟渗入心肝肺腑,以至言谈举止、气质性格都发生了某些变化,总之,不那么真实可靠了。这样一来,就相当糟糕。比如看领导眼色行事这一条,我就没少干过,自己也讨厌,发誓不干了,却总犯戒。主席说:"机会主义头子,改也难。"不是机会主义头子,就容易改吗?也不容易。中国有一条常用语,平日生活和影视里屡见不鲜——"我有句话,不知该说不该说"。平民这么说,干部这么说,连骄横无忌的匪旅长匪参谋长也这么说,盖因大家都拿不准主意,或假装拿不准主意,因此要试探一下,听话人究竟是什么价值取向。久而久之,是否形成了一种独特的集体无意识?

大柳树的周围,是楼上楼下电灯电话式的大寨民居,这些坚固的青砖楼房曾让亿万农民产生过多少艳羡之情!即使按今天农村的平均水平看,大寨民居也还是说得过去的,只是房前房后没有传统格局上的菜园子,拥挤了些。一趟长房子隔成好多家,一趟一趟,一层一层,紧挨在一起,像校舍,又像兵营,个人生活的隐私性虽受到影响,却有利于开展集体活动,也有利于参观视察。

我们不是领导,不好意思进入老乡家里,逐一握手,问寒问暖,摸摸炕头,拍拍锅盖,平易近人话桑麻。但是,我们又很想瞧瞧大寨人的生活,于是在村巷里转悠起来。

大寨鼎盛期一年有几百万人前来参观,有时一天竟达数万人。访问过大寨的外国人也不少,据说有25000多人,来自134个国家,其中有22个国家元首和政府首脑。大寨人艰苦奋斗,自然值得尊敬,沉甸甸的成绩也经得起挑剔,但把大寨的一切都说成是方向,是旗帜,则肯定离谱,大大离谱。山就那么几座,地就那么几片,人就那么几百口,哪架得住铺天盖地这一通总结、发挥和学习!

我们没赶上点儿,没抢上槽,我们来的时候,街道十分寂寥,天上飘着落叶,地上长着衰草,墙头贴着壮阳口服液的小广告。外出干活的人还没回家,只有几位上岁数的大妈聚成堆儿,一边纳鞋底儿,一边有一搭无一搭地聊天。

"白头宫女在,闲坐说玄宗。"

脑子里突然闪出这么一句古诗,沉吟片刻,又觉得荒唐,宫女会纳鞋底子吗?勤劳淳朴的大娘大婶也犯不上念叨唐明皇。她们谈的也许只是油盐酱醋,婚丧嫁娶。我相信即使在那个年月,她们也断不了谈这个话题,这些虽然平淡无奇,却是老百姓的生活,平淡里有真情,无奇中含希望。不管你怎么概括,怎么提纯,生活仍然是生活,总有你拧不干的水分,捂不住的光亮。

大寨喧嚣过,荣耀过,现在复归平静了。然而平静是福,是大寨的福,也是全民族的福。

一个小男孩滚着铁圈哗啷啷跑过去,另有两个头上扎花的小女孩在踢毽子,见生人都主动打招呼:"叔叔好!阿姨好!"童音悦耳,且不是山西土话,而是标准的普通话。我们夸奖说,大寨孩子不简单，见过大世面。

小雪姑娘问："进院看看可以吗？"

"进来吧！"一个小女孩笑吟吟推开大门。

院里的青石地面清洁宜人，大丽菊和指甲花开得正艳，窑洞窗明几亮，窗台摆了两个南瓜一把大枣，还挂了串鲜红的辣椒。看得出，这家人过日子的心挺盛。女主人大大方方出来迎客，并应邀与我们合影。交谈中得知她是贾进才的儿媳妇，我们都挺高兴。大寨的人文真丰富，随便一碰，便碰个典故。这样的条件，当圣地不成，当胜地也不错。

小雪姑娘又纳闷了，我告诉她，贾进才是大寨第一任党支书，这个老大爷不简单，毛主席都知道他，毛主席说，贾进才让贤，才使陈永贵露出峥嵘。

女主人恬淡一笑，转身去掸孩子衣襟上的灰尘，没有一丝名人家属的派头，仿佛大家议论的是旁人。

夜宿大寨国际旅行社，房间不错，价格也不贵。大饭堂摆了三四十张大圆桌，空间广，举架高，庄重气派，颇像国家机关的会议厅。可惜只有两桌人吃饭，一桌是我们，一桌是管理员和炊事员。我们要了几样小菜，还要了啤酒。小雪很兴奋，小脸喝得通红。他们这一代真走运，赶上了好时候，能用电脑，用三维动画手段制作广告。他们属于网络时代、商业时代，这个时代不但有政治，还有金钱和技术。这个时代如果一哄而上，"写"起"材料"可能更方便，更厉害。

作者附注：本文涉及的若干史料，引自映泉所著的作品《大地之子陈永贵》，特致谢意。

1997年10月

塑料花时代

北京的北面有一座大山,大山的北面有一座工厂,工厂里有一座女宿舍,女宿舍里新住进了一群中学刚毕业的十七八岁的女孩。

一

晚饭前,一车间党支部梁书记把划归自己领导的六七名女孩子召集到一间寝室，和蔼地说："你们现在正是好时候，要把精力用到工作上、学习上，不要过早考虑个人问题。"

"梁书记"，一个扎着两只小水辫的女孩畏畏缩缩，欲言又止，最后，终于鼓起勇气发问，"什么叫个人问题呀？"

梁书记见她嫩声嫩气的，一张娃娃脸上满是大惑不解的神色，便认真解释说："个人问题，其实，就是搞对象。"

女孩们顿时放肆地大笑起来。那个扎小水辫的姑娘笑得尤其放肆，她叫冯燕燕，是这批进厂工人中，年龄最小的一个。

梁书记稳如泰山，并不为笑声所动，继续认真地说道："现在要抓革命，促生产，个人问题晚几年考虑，没啥坏处。依我看，你们哪，20岁时可以想，22岁可以找，24岁可以婚。当然，这仅仅是我个人的意见，还没经过车间支部讨论。"

"20岁的时候，要是我也想不起来，该怎么办哪？"冯燕燕又问，她的神态不再迟疑，只是语调有点儿忧伤。

"组织上会帮你想的。"梁书记大包大揽，慈祥地说。

"帮我想了之后，要是找不着怎么办？"冯燕燕又问。梁书记见她两只眸子亮亮的，两个笑窝浅浅的，似乎感觉到了什么，便板起面孔说："怎么能找不着呢？全国这么多工农兵，你找什么样的找不着？"

"我想找雷锋、王杰、欧阳海那样的。"

"你这不是成心出难题吗？"一个名叫吴晓玲的姑娘对冯燕燕说，"全国只有一个雷锋，一个王杰，一个欧阳海，还都牺牲了，领导上哪儿给你找去呀？"

"其实只要使点儿劲,总能找到的,"一个名叫赵霞的女孩子对吴晓玲说,"你忘了那首歌了——'千万个雷锋在成长'?"

其他女孩子也都七嘴八舌议论起来。梁书记伸长耳朵,耐着性子听她们探讨究竟到哪里去找可心的英雄。

这时,挑起争端的冯燕燕已经脱离讨论,扭头跟窗外一个鼻涕长流的小男孩聊了起来。小男孩是梁书记的宝贝疙瘩,来唤爸爸回家吃饭。

冯燕燕帮男孩擦干鼻涕,高声说:"大家别嚷嚷了,梁书记担子太重,不能光想我们的个人问题,他小孩的个人问题也得考虑呢。"

姑娘们几乎同时把头转过来,打量男孩。

吴晓玲说:"这孩子这么懂事,一定得给他找个好媳妇。"

"他应该找江水英,江水英能干。"赵霞建议。

"他应该找冬妮亚,冬妮亚漂亮。"冯燕燕建议。

"他个人的事由他个人负责,"梁书记开口了,"不管是姓江的,还是姓董的,都应该由他自己决定。"

梁书记顿了顿,又一本正经地说:"你们个人的事,也主要靠你们自己解决。不管找什么样的,都应该晚几年考虑。这是一个非常严肃的问题,不要开玩笑。这样吧,今天我就先讲到这里,你们晚上再讨论讨论,提高一下认识,最好集体写个决心书,表表态。"

梁书记领着儿子匆匆走了。

姑娘们嘻嘻哈哈,敲打着空饭盒,上食堂吃饭。

第二天早晨,食堂门口贴了一张像棋盘大小的粉红色薄纸,上面用黑色木棉笔歪歪斜斜写着几行文理不通的大字:

我们决心做到

二十岁时可以想

二十二岁可以找

二十四岁可以婚

一车间新工人

二

冯燕燕跟吴晓玲、赵霞合住一间寝室:207号。这三位姑娘正值豆蔻年华,最爱玩,也最会玩。她们看腻了工厂的房屋和水塔,翻腻了工会的图书和报纸,逗腻了职工的小孩和鸡鸭,于是集体决定,到厂外的山坳里去照相。

吴晓玲的骄傲是她的海鸥牌120照相机,她便拿上照相机。赵霞的骄傲是她那镶黑边的水红色软缎小夹袄,她便拿上小夹袄。冯燕燕的骄傲是她的聪明和鲁莽,她便仗着这聪明和鲁莽,钻到厂礼堂的光荣榜下,从永远艳丽的塑料花丛中,采撷出几束最漂亮的花枝。

初春的山坳，除了天空是蓝色的，其余皆是沉闷的土黄、苍灰的色调。可是，姑娘们偏偏要像伟人诗词说的那样，照一个"她在丛中笑"。

她们把塑料花并排插在土堆上，轮流脱下工作服，换上水红色软缎小夹袄，趴在红红绿绿的人造植物面前，美滋滋地用双手托着粉腮，任同伴为自己摄取最佳镜头。

临时摄影师生于封闭年代，尚不知人间有唇膏之类的妙物，只是一再提醒女伴，用舌尖抿湿嘴唇，为的是让她的樱桃小口更加光泽丰彩。女伴则再三叮嘱摄影师，揿动快门之前打个招呼，以免不加小心，照瞎眼睛。

待到女孩们都在"丛中"笑了几次之后，吴晓玲拍拍夹袄上的尘土，对同伴们笑嘻嘻地说："天这么好，咱们结一次婚吧？假装的，怎么样？"

冯燕燕笑得弯了腰，险些踩瘪了相机盒。赵霞笑得掉了泪，差点背过气去。

吴晓玲把夹袄披到冯燕燕身上，又拿一束塑料花，握在自己手里，说："我当新郎，冯燕燕当新娘，赵霞，你也别闲着，就当媒婆吧。"

冯燕燕不干，执意要当新郎，要当"户主"，吴晓玲拗不过她，只好把花束交出来，自己披上那件象征新娘身份的小夹袄。

冯燕燕满意了，挽起吴晓玲的纤手，煞有介事地走了起来，嘴里还哼着一支曲子。她全然不懂，中国人婚庆该配有何种音

塑料花时代

乐,更无从得知西方《婚礼进行曲》的旋律,她哼的是"我们走在大路上,意气风发斗志昂扬"。没走几步,突然停下:

"哎我说,新娘子,你应该穿一双高跟鞋。"

"媒婆""嗯"了一声,表示此话有理。

"新娘"犯难了:"哪儿有高跟鞋呀?我长这么大,只在电影中看人家女特务穿过。"

冯燕燕胸有成竹地说:"我给你做一双吧。"

她让"新娘"脱下塑料底条绒面的布鞋,在两只鞋壳里各放一块圆石子:"这不就和高跟鞋一样了吗?"

"新娘"半信半疑,试了试。"哎哟!太硌脚了。"她尖声抱怨。

"没关系","新郎"说。她用两条小手绢分别把石头裹好,再放进鞋壳。

"新娘"又试了试,表示满意。

"媒婆"却不满意:"太矮了。"

"再垫一块石头。""新郎"说。

"不行不行!再垫就系不止鞋带了","新娘"抗议,"这样就挺好。"她在山坡上一扭一扭地走起来。

"别把我甩了呀!""新郎"捧着花束赶上来,要搂"新娘",却被对方冷不防朝胳肢窝掏去,只好缩着脖子边笑边逃,塑料花纷纷散落在山坡上。

姑娘们疯疯癫癫地奔跑了一阵,发现前面有一只雪白的山羊。

> 我们走在大路上
> 意气风发斗志昂扬

旧时少女玩结婚游戏

塑料花时代

冯燕燕晃着两只水辫,兴高采烈地说:"我们跟小羊合个影吧。"

两位女伴自然赞同。

那山羊却东躲西闪,不肯跟女孩子们合影。

冯燕燕急了,想把羊逮住,羊竟撒开四蹄,飞也似的逃走,身后腾起一溜黄烟。

女孩们喊着,笑着,追上前去。这时只听一声呼哨,羊便停住不跑了。

女孩们万分诧异,只见一个面庞粗糙的老人伫立在山坡上。周围还有十几只山羊,在石块和枯草丛中觅食。

"你们追羊干什么?"老人责问。

"照相。"冯燕燕抹一把汗津津的额头。

"照相?跟羊照?"

"啊。"

"这么傻追一气,照得上吗?"老人露出笑意。他的两个大脚之间,站着一只尺把长的羊羔,看上去,比猫还要精巧。

"哎呀,这么小,几个月了?"吴晓玲问。

"刚生下来两个钟头。"

女孩们被这个刚刚来到世间的小生命震惊了,谁也不说话。

一阵寒风吹来,干树枝子纷纷晃动。"小羊不冷吗?"冯燕燕怜爱地问。

"冷啥?你以为它像人一样娇贵?"老人回答。

冯燕燕小声请求道:"我摸摸它可以吗?就一下。"

"那有啥不行的？"老人宽厚一笑。

冯燕燕蹲下身，轻轻抚摸，小羊羔浑身湿漉漉的，像是才从水里钻出来。真想把它抱在怀里，让它暖和暖和。

"它的妈妈呢？该喂奶了吧？"赵霞说。

"你们围在这儿，母羊敢来吗？"老人答。

女孩们恋恋不舍地后撤了十几步。小羊羔仰头，咩咩叫了两声，那声音极稚嫩，极富感染力，与婴儿呼唤的"妈妈"几乎是相同的发音。

小羊羔边叫，边撒开四蹄，它居然会走！谁教的？

小东西慢慢悠悠，跟跟跄跄，向母羊走去。母羊站立不动，它的尾巴下面十分刺目，也是湿淋淋的，把羊毛湿成一绺一绺，红一绺白一绺，隐约露出一些皮肉，简直是血肉模糊，惊心动魄。毫无疑问，小生命就是从那儿出来的。

母羊睁大眼睛，迟疑地看着这边的陌生人类。

羊羔挨过去，用小嘴拱它的腹部，它不答应，躲开。羊羔懵懵懂懂，又去拱另一只山羊，山羊不太乐意，伸出角来，威胁小生灵。羊妈妈生气了，狠狠顶了大羊一下，一侧身，护住自己的孩子。

女孩们都看呆了，把照相的事忘到九霄云外。

一个月后，冯燕燕向其他寝室的女伴夸耀她们与小羊羔的奇遇。女伴听得入迷，连连抱怨她们太笨，竟没有抓拍几个宝贵镜头。

冯燕燕打开影集："不管怎么说，我们还有'丛中笑'呢。"

一个姑娘一撇嘴:"什么'丛中笑'啊,这些都是假花。"

"你怎么看得出来?"冯燕燕非常奇怪。"这不明摆着嘛——真花长出来的时候,还用捂着大棉袄吗?"

三

有人通知冯燕燕,午休时,车间团支书孙国兴约她谈话。

冯燕燕比较烦孙国兴,从不跟他主动说话,因为他总爱跟女孩子,尤其爱跟漂亮女孩子黏糊。但冯燕燕又十分希望加入共青团,思忖来思忖去,还是决定,应约跟团支书谈话。

午饭后,孙国兴来到207号寝室,一屁股坐在冯燕燕那整洁的床铺上,一点没拿自己当外人。冯燕燕觉得很别扭,后悔事先没在床单上铺一块塑料布。她倚在门框上,等待团支书说话。

吴晓玲偷偷向赵霞挤眉弄眼,冯燕燕发现了,心里老大不高兴,以为同伴是在揶揄自己,于是索性放开喉咙,对孙国兴亲密地说:"走,咱们到外面散散步去。"

黑瘦黑瘦的团支书惊喜万分,如同绣球抛到身上,麻溜儿起来,尾随冯燕燕出了女宿舍。他快走几步,追上俊俏的团外积极分子,柔声说:"咱们往东走吧,那边儿清静,还有个井台。"

"行啊。"冯燕燕爽快地答应。

孙国兴乐得屁颠屁颠的,一路上不住嘴地说话。奇怪的是,他并不谈冯燕燕的思想和进步,而是一个劲儿回忆自己的童年和少年。团支书轻描淡写而又不无自豪地说,他曾经当过红小兵的队长、红卫兵的常委,还当过班级里的体育委员。

冯燕燕暗自好笑:这么瘦,还当体委,当个收租院的穷孩子还差不多。她瞥了一眼团支书,差点儿没笑出声来。

井台到了。

方形的井台是青石垒的,高出地面一寸多。圆圆的井沿是水泥砌的,高出井台一尺多。圆不圆方不方的井棚是木头搭的,更高,但冯燕燕估不出确切的尺度。

孙国兴仿佛常到这儿来转悠,他熟练地踏上井台,对冯燕燕彬彬有礼地说:"我们坐下来吧。"说完,率先坐在井口上。

井口只有脸盆粗细,团支书虽瘦弱,竟也占了一少半地方。

冯燕燕想坐在井台上,井台湿漉漉的,想坐在周围的土地上,土地泥浆浆的。

她皱皱眉,只好与团支书背靠背,坐在水泥井沿上。确切地说,是把身子略微搭在井沿上。

此时,孙国兴已不再谈自己的童年少年,而是把话题转到冯燕燕身上,却不谈工作和学习表现,只是赞美她的性格,说这性格如何活泼,烂漫,宝贵,如何给他留下了"深刻的烙印"。

他的声音低沉婉转,时而还有点儿犹豫,有点儿结巴。

冯燕燕默默坐在井沿上,任凭团支书唠叨。她既不揉衣角,也不玩纽扣,也不绞手绢,也不理辫梢儿,两只手无事可做,便攥成小拳头,放在圆滚滚的膝盖上。

坐了一会儿,冯燕燕觉得下身发麻,井里似乎还有一股潮乎乎的气体,贴着她的身子,不绝如缕地爬上来。

她用眼角余光一瞟,发现团支书已经不是跟她背靠背了,而是快要肩并肩、膀挨膀了。

团支书坐的位置变了,谈的话题没变,仍在喋喋不休地描述他心中的"烙印"。

冯燕燕顿生一股怒气,霍地站起来,一推孙国兴,"总往这边靠什么!"

如痴如呆的团支书猝不及防,身子往后一倾,屁股滑进井口,大腿、后腰连同脊背也滑进了井口。幸而腋窝和腿弯儿死死勾住,那惊慌失措的脑袋才不至于也滑进井口。

"救……救命!"团支书绝望地呼喊。

"不救,偏不救!谁让你总往这边靠了?"冯燕燕凶凶地说。望着团支书那狼狈万分的模样,女孩咯咯大笑,短辫在脑后一抖一抖。

团支书被冯燕燕的快活所感染,刹那间忘了自己的悲惨境遇,也想开怀大笑。刚一笑,身子就往井下滑;再一笑,又往下滑。不敢笑了,再笑就会扑通一声,跌进危险的深渊。

冯燕燕并无落井之虞,她扶着井棚的柱子,肚子都笑疼了。

"别,别笑了。"团支书颤颤巍巍地哀求。

女孩不笑了,不是为了服从那个倒霉蛋,而是没有力气再笑了。她蹲在井台上,一手搂着柱子,一手捂着肚子,两眼直直地盯着倒霉蛋。

团支书于困顿中喘息:"快,快把我拉起来。"

"起来干什么?这么待着多舒服!"

"快点,井里直冒凉气。"

"怕什么,正好可以清醒一下。"

"我的腰,哎哟,冷死了。"

"那你就自己起来嘛。"

"起不来,我一动也不敢动。"

"这么笨,还是体育委员呢。"

"我都快成烈士了。"

"想得美!"女孩又笑,"我可不愿当凶手。"她靠近团支书,两手插进他那汗津津的腋窝,往上一提,"来,咱俩一起用劲,一——二!"

终于,团支书从可怕的境地挣脱出来。他红着脸,又揉屁股又揉腰,捎带活动身上各处关节,那姿态,还真有点儿干过体育委员的味道。

待他喘匀了气,一撒目,冯燕燕像一只轻盈的小鸟,早已飞出去很远了。

塑料花时代

四

工厂的汽笛响了又停,停了又响。

大山的表皮绿了又黄,黄了又绿。

女孩子们的指甲长了又剪,剪了又长。她们早已忘却当初贴在食堂的那张决心书。

207号寝室内,吴晓玲难得有机会跟女伴厮混,一有时间她就往男宿舍跑,那儿有她的意中人,需要她洗洗涮涮,缝缝连连,甜甜蜜蜜,嘀嘀咕咕。

赵霞尚未寻到可心的人儿,不过她却公布了三条择偶标准:男方应该在北京城内工作,应该体贴妻子,家里应该有阳台。

唯独冯燕燕尚未腾出空来思考爱情。她每天的业余时间除了唱歌就是疯闹,除了读书就是看报。看她那没心没肺、憨态可掬的模样,姑娘们常打趣说,冯燕燕的发育有问题,总也长不大,别是"二刈子"吧?

一天晚上,冯燕燕正往影集上贴黑白照片,吴晓玲正往箱子里放衣物,赵霞突然满面春风地闯了进来。

赵霞今天没上班,利用加班攒下的休息日,进城去了一趟。

皎洁的日光灯下,赵霞从一只藕荷色的确良提兜里取出3盒糖,6个苹果,外加一把巧克力,一一分给大家。

"嘿,过年了!"冯燕燕乐呵呵地打开糖盒,取出一枚三角形的桉叶糖,含在嘴里,一股麝香和薄荷的清凉芬芳悄然充满口腔。

好糖啊，冯燕燕想，可是赵霞一向不买零食，今天怎么了？她这月的工资差不多都买毛线了，今早进城，连车票钱都是冯燕燕借的。

"你不是没钱了吗？"冯燕燕问。

"从今以后，我就有钱了。"赵霞自豪地说，"而且，有很多钱。哎，还你早上的钱。"她把一张崭新的绿钞票递给冯燕燕，"以后，你们谁缺钱花，尽管找我。"

"真的吗？"冯燕燕说。

"谁还蒙你怎么着？"

"那我现在就没钱了。"冯燕燕又上来了混劲儿。

"哎呀，那可不行，他不在呀。"

"他？怎么出来个他？"冯燕燕问。

赵霞不语，脸上飞满红云。

吴晓玲莞尔，瞟了瞟她那永远长不大的小师妹，一阵风溜出寝室，去找她自己的他去了。

"你倒是说呀，他是谁？"冯燕燕仍在刨根问底。她坐在单人木床上，背靠着墙，墙上贴着一张小小的世界地图，中国是红色的，美国和苏联是灰色的。

"他是……"赵霞支吾了一会儿，终于勇敢地说，"他是小马……我们已经见过好几次了。今天，我们一起逛了北海。"

一旦战胜羞怯，赵霞马上来了谈兴。她也上了床，和冯燕燕并排坐在一起，脚悬在半空，和盘托出男友的秘密。她喜滋滋地说，小马在西城区上班，家也住在西城，而且有阳台，阳台上还有好几盆花。更重要的是，小马是好人，喜欢她，给她买好吃的，跟她实心实意相处。

"今天我发现，北海咋那么美呢？我们玩得也痛快。"赵霞幸福地喃喃道，"划船时，我把脑袋……放在……"说到这里，赵霞本人与她的名字完美地结合在一起，不但脸上红霞灿烂，就连眼白也放出艳丽的霞光，"我把脑袋放在小马胸前……哦，太舒服了。"

"有什么可舒服的？"冯燕燕不以为然，她想起那位倒霉的团支书，以及他那汗湿的腋窝，不由得禁了禁小巧的鼻子。

"你不信，就试一试。"赵霞舒展臂膀，搂住冯燕燕的脖子，把她的头轻轻拉向自己的胸口。

冯燕燕在那胸口上伏了一会儿，不但不觉舒服，反而有点硌得慌。原来，她的头太笨，没放对地方，碰巧枕在赵霞微微凸起的锁骨上。

"怎么样？"赵霞关切地问，脸上一副有福同享的姐们儿神情。

"太硬了。"冯燕燕诚实地回答。

"什么呀，"赵霞有些失望，"你的姿势不对，来，我做一下给你看。"赵霞伏下身子，把脑袋轻轻搁在冯燕燕胸前。不料，那傻丫头竟嗤嗤笑了，笑着笑着咳嗽起来。

赵霞十分诧异，以为出了什么差错，抬起头，仔细打量同伴。

冯燕燕满面绯红,耸着肩,缩着脖,将身体蜷成一团,把个好端端的床单揉搓得皱皱巴巴。

"怎么了?"赵霞茫然。

"糖咽肚里去了,差点儿没噎死。"

"我们重来一次。"

"不来了,不来了。"

"为什么?"

"太,太痒痒了。"冯燕燕又嗤嗤笑起来。

"痒什么呀!"赵霞颇为泄气,她跳下床铺,理了理稍有些零乱的鬓发,叹口气,遗憾地说:"跟你讲你也不明白,这是爱情呵……"

"爱情?爱情原来这么痒痒啊!"冯燕燕大叫。

五

冯燕燕的指甲长了又剪,剪了又长,但她已经听不到工厂汽笛,看不到黄黄绿绿的大山表皮了。

父亲去世,母亲重病,冯燕燕获准调回北京市内。她终于"发育"成熟,有了自己的男友。

时代变了,先前朝夕相处的女伴,也早已离开单身宿舍,各自结婚成家了。

一次，透过公共汽车的窗玻璃，冯燕燕远远望见，吴晓玲穿着一双乳白色高跟鞋，在绿色宜人的林荫道上袅袅婷婷，魅力四射。

冯燕燕想起那双用石子垫成的"高跟"鞋，情不自禁地笑了。

她想喊吴晓玲，无奈汽车开得飞快，转眼间就把昔日的"新娘"抛到后面。

还有一次，她在另一条林荫道上遇见"媒婆"。

"媒婆"一手拎着菜筐，一手领着个小女孩。

闺中密友久别重逢，像疯子一样又喊又叫，又捶又抱，亲热得没法。

赵霞穿一件领口很低的丝绸衫，小碎花，精致典雅。那曾经凸起的锁骨，已经隐入细白丰腴的皮肉之中。

她发福了，冯燕燕想，如果枕在她胸前，再也不会硌脑袋了。

阳光从绿荫中漾出来，洒在一丛丛盛开的波斯菊上面。

赵霞的女儿并不胖，从那张光洁的小脸蛋上，可以寻到妈妈当年的风情。

1983年　夏

后记

这本书里的文章,写的都是那个年代,或与那个年代相关的事情。

文章的顺序,大体上是按内容,而不是按写作时间排列。

书名《我的串联生活》,采纳朋友的建议,用一篇文章的题目代替。这篇文章是去年写的,今年交稿前,又改了一遍。

曾请几位朋友看过这篇文章的初稿。其中有位年轻朋友,读到文章中的一些用语和事例,感觉很"隔",很惊讶。我对他的惊讶也很惊讶。我以为我写的这些事,与现今时代距离并不十分遥远,比影视剧中常见的民国和清朝的故事近多了,大家应该不会很陌生。我错了。

为了减轻年轻读者的阅读障碍,我在文中补充了若干解释性文字。但有些事，可能不是加一些解释就能说清楚的。

书中插图，少数是我过去画的，多数是为了出这本书，应出版社要求，最近画的。

深圳报业集团出版社的领导、资深出版人王杰先生，与我素未谋面，但他为本书的出版，付出了大量心血。我很感动，特致诚挚的谢意。年轻编辑赵立娜女士参与了后期编辑工作，也致谢意。

2017年3月25日

海南陵水

编后记

刘齐先生的这本比较特殊的散文集,编完了。看他在后记中提到我与他"素未谋面"如何如何,我就忍不住想澄清一下:我其实是见过他的,而且不止一次,可能只是他自己浑然不觉而已。

说起来,那也是三四十年前的事了。当年我就读辽宁大学中文系,班里个子最高的男同学叫刘嘉陵,身高一米八六,说话嗓音低沉而好逗笑,一副黑框眼镜架在鼻梁上显得斯斯文文。我当体委在队外一二一,他作排头兵鹤立鸡群,瘦高的个子跑起步来晃晃悠悠,感觉有点夭夭欲折。不仅如此,刘嘉陵还是文艺青年,吹拉弹唱样样拿得来,一曲低沉浑厚的《我为祖国献石油》让你感觉他与刘秉义难分伯仲。这样的刘嘉陵,不仅吸引女同学，男同学也难免会羡慕嫉妒，应该没有"恨"。后来得知，这个刘嘉陵敢情是当时辽沈地区媒体大佬、《沈阳日报》总编辑刘黑枷的公子。再后来得知，刘黑枷不仅有个刘嘉陵，刘嘉陵还有个哥哥刘齐，也是一样的大高个儿，而且正在我们系读研究生。那时候读研究生的，年龄有的比年轻教师还大。因为人数不多，不久刘齐同志就被同学远远地给指认出来，嚯，果然是刘嘉陵的亲哥，不仅个头像，言谈举止、神色气质无一不十足相像，而且手舞足蹈，看上去比刘嘉陵好像更加能侃能唠，偶尔从身边经过，听他跟人侃侃而谈的也都是些文艺理论。

再后来，听说刘齐去辽宁作协专搞文艺评论。学了一肚子别林斯基、车尔尼雪夫斯基、杜博罗留波夫，终于派上了好用场。我都觉得他择业精准，要不就是组织上特有眼光——文艺理论不让他们搞，那真叫埋没了人才！

文艺评论，刘齐同志都论了啥我一直没太注意，N多年后偶然发现他的一篇散文《老吴太太》，写的是他旅居美国期间的一段小事儿，文笔诙谐细腻，十分感人。于是又追着看了他的散文集《球迷日记》，一下子就被他迷住了。那睿智、洒脱、幽默的文字，让人爱看，而且看了想哭又想笑。他弟刘嘉陵，总说要写一部反映大学生活的长篇巨著，并且还电话采访过我，几年过去还是犹抱琵琶半遮面，不识庐山真面目；他哥却一口气在多家出版社连出单本和选集，幽默散文大家的江湖地位亦早已榜上有名。不仅如此，刘齐还会画漫画，虽然赶不上华君武，却起码比我技高一筹。

一次偶然机会，和嘉陵聊到他哥，好像说的也是那篇让我念念不忘的《老吴太太》。嘉陵说他哥现在手里又攒了几篇，随手发我一篇《我的电影生活》。我一口气读完，拍案叫绝，忙问可否帮我搭线给他出本幽默散文。嘉陵举贤不避亲，立即行动，很快我就和这位散文大腕接上了头，随后一篇篇令人忍俊不禁的散文亦如雪片般飞来。

俗话讲，天时地利人和。本书能够立项并最终得以出版面世，还要说到一个人——胡洪侠。胡洪侠办副刊出身，嗜书如命，自己也写，尤以幽默散文见长，一本《对照记@1963》风靡中国大陆及港台地区。如今他贵为郫社社长，一言九鼎。我将刘齐样篇呈给他过目，没想到他一锤定音——出！说到"素未谋面"，那他比我更甚，甚到估计连刘齐同志的远影都没见过，莫非真如钱锺书先生所言：佳肴自管吃，何必见厨师。

于是乎，这本幽默散文集《我的串联生活》便这样横空出世，和大家一起"生活"了。

王杰

2017年3月27日

策划 / 出品：胡洪侠
责任编辑：王杰　赵立娜
装帧设计：XXL Studio

图书在版编目（CIP）数据

我的串联生活 / 刘齐著绘 . -- 深圳：深圳报业集团出版社，2017.7
ISBN 978-7-80709-796-9

Ⅰ . ①我… Ⅱ . ①刘… Ⅲ . ①散文集 – 中国 – 当代
Ⅳ . ① I267

中国版本图书馆 CIP 数据核字（2017）第 153861 号

我的串联生活

刘齐　著 / 绘

深圳报业集团出版社出版发行
（518034　深圳市福田区商报路 2 号）
山东鸿君杰文化发展有限公司印制　新华书店经销
2017 年 7 月第 1 版
2017 年 7 月第 1 次印刷
开本：787mm×1092 mm　1/32
字数：174 千字
印张：9
ISBN 978-7-80709-796-9
定价：58.00 元

深报版图书版权所有，侵权必究。
深报版图书凡是有印装质量问题，请随时向承印厂调换。